LINDEROS

MARÍA CECILIA ZÚÑIGA

Linderos

ISBN: 979-884-60969-8-1

Primera edición: agosto de 2022

Con mucho cariño para Panchita, Agustina, Felisa y Camila,
de quienes, en mi infancia, pensé que estarían ahí para siempre.

I

Afuera no hay respuestas, Daniela.

Te apartas de la ventana, debes arreglarte ya pues llegarás tarde al funeral de tu madre. No has siquiera sacado el vestido de la maleta. Tu hermano Ricardo seguramente ya está ahí: impecable, como modelo de revista. No lo quieres ver, ni a él ni a su esposa que todo hace bien, pero que no sabe nada: nada de ti, nada de tu pasado, nada de tu mamá, nada de la niñez de Ricardo, nada de Odilia. Para ti, tu hermano desapareció, llevándose el cariño y la camaradería que alguna vez compartieron. Quisieras sentir afecto hacia él y su esposa, pero te aburre al grado de la desesperación que te platiquen su vida vacía, sus hijos perfectos o la fabulosa pensión donde dejan a su galgo español cuando salen de viaje. A veces te gustaría poder tener una conversación coherente y significativa con tu cuñada; entonces sería posible hablar con ella de la estrella de cinco picos que cuelga de tu cuello, el ojo de venado, de la Santa Muerte y de limpias. Le podrías asegurar que no hay nada que temer, le hablarías sobre mujeres que no necesitan visitar una farmacia ya que en primavera recogen las plantas que curan porque están cargadas de energía. De mujeres que aman y se comunican con sus seres queridos después de cruzar el umbral de la muerte; que tú conociste a una de ellas, y trataste de aprender; que aún la invocas en silencio, pero no sabes si aún vive y, además, tú no naciste con el don. Esta conversación es imposible, tu cuñada se espanta con tan sólo mencionar la palabra *curandero*, cualquier yerba más allá de la manzanilla, la menta o el romero es diabólica y sospecha hasta del epazote. Tratan de disimularlo, pero sabes que tu hermano y su esposa han evitado que tengas mucho contacto con sus hijos. Las nanas de ellos cargan los suéteres en silencio, les enseñan sus juguetes, apenas les hablan quedito y no juegan con ellos.

No quieres ver a tu mamá dentro de una caja, ahora sí ausente para siempre, como siempre. Desde hace mucho deseabas, y no puedes, reclamarle la falta de presencia; quisieras reprocharle que, siendo una niña muy pequeña, cuando ella te daba un abrazo vacío, tú debías tener cuidado de no tocarle el pelo. A Ricardo parecían no importarle esas actitudes, él también desde niño ha sido poco afectivo: jamás lo has visto acariciar la melena de su esposa, sus hijos no se le trepan en el regazo, nadie le arruga la ropa; su mujer es igual: ambos son unos muñequitos de pastel de bodas o maniquíes en escaparate: limpios, elegantes y tiesos. Por eso él puede olvidar (o ignorar) ese episodio de la niñez que vivió contigo y que tú llevas puesto como un traje de astronauta que te impide relacionarte libremente con el mundo.

El estudiar la carrera y más adelante maestrías y diplomados como excusa para quedarte a vivir en Estados Unidos, lejos de tu madre y los recuerdos de tu niñez, no cambió nada dentro de ti: tus amigos y colegas conocen tu cara y tu mente adulta; en los bares o reuniones, cuando la plática gira hacia eventos de la niñez, tú escondes los que son más vivos en tu memoria y jamás comentas que hubieses cambiado todos tus vestidos y todas tus muñecas por el privilegio de acariciarle la cara a tu mamá por encima del maquillaje, despeinarla o arrugarle la falda al sentarte en sus piernas. No revelas que, en cambio, recibiste el afecto, que correspondía a tu madre, de Odilia: la mujer morena que vestía uniforme de rayitas blancas y verde menta en vez de trajes caros; que no usaba maquillaje; que vivía en tu casa, pero rara vez salía en las fotos; que llevaba el pelo largo en una cola de caballo que se columpiaba sobre su espalda al caminar y que, cuando se lo pedías, lo soltaba para que tú lo cepillaras con tus manitas pegajosas, lo enmarañaras y le pusieras cuanto broche o moño querías. No le importaba, lo sacudía y en un santiamén lo volvía a atar con una liga. Pelo negro como tu cuarto cuando tus papás corrían las cortinas pesadas, te besaban apenas rozando sus labios sobre tu frente para no despertarte, y apagaban la luz.

En las noches, cuando la puerta se cerraba, el aire parecía más frío y veías las cosas que Odilia te contaba, al principio rezabas una larga cadena de Ave Marías hasta que te vencía el cansancio, pero en los sueños aparecían las imágenes que te atemorizaban. Ella te enseñó a controlar tus sueños: un vaso de agua bendita y una estampa de Santa Clara debajo de la cama, una vela blanca en tu cuarto, o simplemente usar tu camisón azul celeste; "así se vence el miedo", te dijo. Pesadillas, las llamaba tu mamá, que Odilia te pasara humo de palo santo, y no los chochos de azúcar que te recetó el homeópata, fueron lo que finalmente funcionó; aun ahora, esos remedios, te son útiles. "No le cuentes historias a Daniela, se levanta gritando en la noche", oíste la voz de tu mamá, "… ah y apúrate a terminar esto para que le ayudes a Concha con la comida, el señor no tarda en llegar, va a comer rápido porque tiene que regresar temprano a la oficina". Tus terrores nocturnos y la comida de cualquier día en el mismo enunciado, así nomás. "Sí, señora", contestó Odilia ese día y pasó a tu lado sin detener su caminar digno y silencioso. Aún tienes clavada su mirada de ojos grandes almendrados y oscuros que siempre sabían dónde te escondías, esa mirada que, sin enojo ni reproches, te dio a entender: "ni una palabra más". Obedecías más a Odilia que a tus padres. Esperaste un momento antes de entrar al cuarto de tu mamá, te sentaste pegadita a ella para ver la revista que ojeaba. "Hola, mi amor, ¿cómo te fue en la escuela?", preguntó, a lo que sin duda habrás contestado un vacío "bien" que no reflejaba las travesuras que habrías cometido ese día, o el castigo que alguna maestra te habría impuesto por hablar en clase, rasgar un libro o simplemente no terminar a tiempo tu trabajo. Tras esa conversación efímera te mandó a tu cuarto a cambiar el uniforme de escuela por otro atuendo para comer con tu papá, quien se iría temprano.

Ricardo no sufría pesadillas, se reía de las historias de Odilia, o será que las disfrazó de ridículas para aparentar valentía, por eso a él no le daban chochos. Él siempre ha sido así, se mete en todo, pero en nada ahonda. Quizá sintió el mismo miedo que tú, pero tan sólo un instante, luego se lo sacudía con facilidad. Para ti fue más gradual, el terror se transformó en curiosidad, más tarde en obsesión, y hasta ahora, que tratas de racionalizarlo, te persigue.

En la primaria tenías muchas amigas y ellas te invitaban a sus casas a jugar, en cambio, tú rara vez devolvías el gesto. No necesitabas más compañía que la de Odilia, con ella nunca te sentiste sola y mucho menos triste. Han pasado varias décadas desde que desapareció por completo de tu vida. ¿Por qué no logras ser feliz? ¿Cuánto tiempo necesitas para dejar de añorar un encuentro, un cierre, una conclusión?

Te apartas de la ventana, sabes que no la verás en el tráfico que pasa frente a tu hotel.

¿Quién estará en el funeral fingiendo que le pesa la muerte de tu mamá? Algunas amigas suyas, las pocas que quedan, igual de ancianas; las llevarán sus hijos a quienes saludarás porque sienten tener un lazo fraternal contigo, pero en realidad, no tienes contacto con ellos. Las enfermeras que cuidaron a tu mamá te han dicho que la visitaban algunas de sus primas menores y Pepita, tu madrina; viejitas, viejitas todas. Ellas estarán allí también acompañadas de tus primos segundos a quienes les perdiste la pista hace años. Eso sí, en primera fila verás las amistades y relaciones laborales de Ricardo; cuánta pereza te da tener que explicar tu trabajo, sonreír, fingir pena por la muerte de tu madre, agradecer presencias hipócritas de quienes no la conocieron. En la ciudad te quedan muy pocas amigas que, aun a pesar de la distancia, se interesan por ti; te agradaría verlas, pero en un café, en la calle, no ahí. No deseas compartir el mismo espacio que ocupa el féretro de tu madre con nadie.

Tus papás, serios y formales, no reían como lo hacía Odilia, que tenía una enorme capacidad de asombro y el descubrir cosas nuevas le sacaban una risa franca, reía con tus chistes, tus travesuras de la escuela, con los programas de televisión. Ellos sólo reían en sus fiestas, en sus juegos de canasta y dominó. ¿Reían de verdad o platicaban animadamente? Tu papá de vez en cuando soltaba una risotada con sus amigos. De pronto lo extrañas, si bien no era el papá moderno de ahora que lleva a sus hijos al futbol y atiende a las juntas escolares, o como los norteamericanos que cuidan a sus hijos en casa mientras sus esposas salen a trabajar; no dudas que le hubiera gustado serlo. Lo restringieron los trajes, las corbatas, la goma de pelo y el portafolios; el verse bien e importante todos los días; el mantener esa enorme casa en esa opulenta colonia; las colegiaturas y las juntas de negocio. Era Mercedes, tu mamá, quien te decía: "no le arrugues la corbata." Qué irreverencia acordarte y añorar a tu papá en el funeral de tu madre. Ella que sufrió tanto cuando él murió y tú sintiendo que había muerto tan sólo para ti, te había traicionado sólo a ti. No te tomaste la molestia de considerar los sentimientos ni de Ricardo ni de tu mamá, jamás pensaste que ella necesitaba tu consuelo. Pero, ¿cómo consolar a alguien sin arrugar su vestido, acariciar su pelo y embarrarle el maquillaje? ¿Qué habría sentido ella cuando, consumida por el dolor, corriste a los brazos de Odilia al recibir la noticia? Tu mamá no lo vio, pero tu abuela sí y te reprimió: "¿a dónde crees que vas, escuincla insolente?", pero como todo lo que salía de la boca de tu abuela era regaño, esas palabras también las echaste en saco roto. En ese momento sólo añorabas ese cuerpo tibio color barro, escondido en el uniforme de rayitas que ofrecía el único consuelo, lo podías moquear mientras ella te daba palmaditas en la espalda. "Shu, shu, mi niña, shu." Ya no eras una niña, cursabas tercero de secundaria, habías dominado las pesadillas, resolvías problemas de geometría y leías a Kafka; pero ella así te llamó siempre, y cuando piensas en ella, te conviertes en eso: en una niña que necesita que la tomen de la mano.

II

La llegada de Odilia fue como un rayo de luz a pesar de la grisácea tarde de lluvia en que apareció para una entrevista. Las recientes semanas habían sido insufribles. Mercedes, la mamá de Daniela y Ricardo, llevaba varios días malhumorada lamentando la falta de servicio doméstico. A pesar de que había una señora que cocinaba y un chofer que la llevaba a ella a sus compromisos y eventos sociales (algunos de los cuales se había tenido que disculpar enfadada), y a los niños a sus clases vespertinas, necesitaba alguien que se encargara de los chicos en las horas de ocio. Concha, la cocinera, se negó a la petición de Mercedes de ser nana de los niños; ya de por sí realizaba los deberes de las recámaras y lavandería que eran responsabilidad de la muchacha que, sin aviso alguno, un lunes ya no se presentó a trabajar. Los libros y programas de televisión que veían Daniela y Ricardo mostraban a las mamás cuidando de la casa y los niños. Ellos, a tan corta edad, no entendían por qué a su mamá le resultaba tan molesto perder unas horas de gimnasio o una partida de canasta para estar con ellos, por eso deambulaban por la casa consternados. Cuando llegaba papá del trabajo se tensaba el ambiente aún más con el "¡No le ensucien el traje!". Daniela esperaba, esperaba... y, en cuanto el saco y la corbata eran colocados cuidadosamente en el perchero, daba un brinco para colgarse del cuello de su papá e inhalar el olor a colonia fermentada por el trabajo y sentir el abrazo envolvente con manos gigantes: abrazo espontáneo, sincero, de amor puro, que no pide nada a cambio, que se añora tanto que duele, porque jamás se volverá a sentir.

Mercedes entrevistó a Odilia una tarde en el patio de servicio anexo a la cocina mientras Daniela y Ricardo merendaban, ella una oreja de mantequilla, él una dona con chocolate caliente. Daniela veía a la recién llegada cómo se abrazaba a sí misma asiendo un suéter azul marino muy delgado sobre el cual caían enormes gotas de agua que resbalaban del borde de la loza. Daniela no le quitó la vista de encima pues la mujer no se movía, dejándose empapar. La voz de la madre era clara: ¿Dónde trabajaste? ¿Qué hacías allí? ¿Sabes planchar? ¿Has tenido niños a tu cargo?

Para Daniela era evidente que la muchacha no se atrevía a moverse. "¿Mamá no se da cuenta o no le importa que la joven se está mojando?", pensó. "Podría seguir preguntando lo mismo bajo un techo."

Odilia hablaba muy bajo, casi susurraba jalando con cada respuesta el insustancial suéter un poco más para cubrirse, pero sin moverse de la gotera. Concha la miraba de reojo entrecerrando sus ojitos negros hasta esconderlos tras los cachetes rechonchos sin mostrar gusto ni alivio de que apareciera tan añorada ayuda. La entrevista concluyó con un "baja tus cosas al cuarto de servicio… Concha, enséñale a Odilia dónde acomodarse, luego vienen a limpiar y acomodar la cocina". Mientras las muchachas arrastraban la pesada caja de cartón amarrada con mecate, les dijo a los niños:

—Ustedes terminen de cenar y suban a lavarse los dientes.

En cuanto Mercedes desapareció por la puerta de la cocina, Ricardo, que nació travieso, curioso y metiche, se metió la dona completa a la boca y bajó saltando escalones a los cuartos de servicio. Daniela soltó su pan y corrió tras él.

—Mira, pon tus cosas aquí. En el clóset hay sábanas y un sarape, también uniformes, luego te pruebas uno, ahora ven a ayudarme en la cocina —dijo la cocinera con voz de mando; y al percatarse de dos pares de ojos curiosos, añadió:

—¿Qué hacen aquí, no oyeron a su mamá? ¡Suban a terminarse la leche, chamacos malcriados! —y dirigiéndose a Odilia—: así los tienes que tratar, siempre están viendo cómo hacerle la vida difícil a una, la señora no los regaña y el señor los consiente. ¡Ándenles, pa'rriba!

Los niños corrieron divertidos escaleras arriba hacia la cocina y se sentaron a terminar la cena.

La voz de Odilia no se escuchaba salvo por unos débiles "sí". Recogió los platos lenta y tímidamente, los lavó frotándolos con agua fría tan suave que parecía acariciarlos, y Concha, sin disimular su impaciencia, volteaba la mirada al techo pensando que era mejor que no la ayudara alguien tan inútil.

—Anda, Daniela, sube a enseñarle a Odilia tu cuarto, que te prepare la cama y le dices dónde están tus pijamas —le dijo a la niña para que se llevase a la mujer.

Daniela tomó a Odilia de la mano y la guio hasta la recámara pintada de rosa pálido. Unas cuantas cosas yacían en el suelo. La alfombra era blanca y estaba limpia a pesar del caballete con pinturas y una producción a medias. Las obras de arte colocadas con tachuelas en un gran panel de corcho mostraban representaciones infantiles de paisajes y animales pintados con lápices de colores, acuarelas, pinturas y crayolas. Había una gran cantidad de muñecas distribuidas por las repisas de la habitación que las miraban con ojos bien abiertos.

—Este es el cajón de las pijamas, pero me las cambio un día sí, y otro no. Hoy toca no. Mi camisón está debajo de mi almohada.

—¿Te ayudo a desvestirte?

—No, gracias, yo puedo sola —Daniela se sacó la ropa para ponerse el camisón y, extendiendo las manos le dio las prendas y dijo—: Ten, tú te llevas la ropa sucia a la lavandería. Está junto a tu cuarto. Cuando no estás, la pongo aquí —Daniela le mostró un canasto blanco con listón rosa. Odilia asintió con la cabeza.

—¿Te cepillo? —preguntó la ahora nana.

—Bueno.

La niña se sentó frente a un tocador sobre el cual había un cepillo, diademas, moños, joyería de fantasía, y frasquitos de colores.

—¿Te gustan los perfumes? —preguntó la niña mientras Odilia le deshacía las trenzas con movimientos delicados. Daniela abrió un frasco, vació un poco de perfume en la palma de su mano y se lo untó en la cara, el cuello y los brazos—. Mi mamá dice que huelen a dulce barato, que no son de verdad, y que son de juego, pero a mí me gustan. Me los regaló mi tía Linda, la hermana de mi papá. ¿Quieres? —sin esperar respuesta, le puso un poco en la sien—. Así se lo ponen las señoras. ¿Cuántos años tienes? Yo ya voy a cumplir cinco y, después de este año, voy a pasar a primero y voy a hacer mi primera comunión.

—Yo tengo once más que tú.

Daniela cuenta con los dedos.

—Mi prima tiene diecisiete y todavía va a la escuela, luego va a ir a la universidad. ¿Tú vas a la escuela?

—No. Mira, ya vente a dormir.

Entre las dos acomodaron los cojines y animales de peluche sobre un pequeño sillón y la silla del escritorio.

—¿Te gustan las muñecas?

—Sí, están muy bonitas.

—Casi no juego con ellas. ¿Quieres una? —la niña trepó con destreza y sacó una pequeña pecosa pelirroja de coletas rizadas y vestido azul cielo—. Mi mamá no me deja regalarlas, dice que es una colección, pero ésta sí puedo porque me la dio una niña de mi escuela que ni es mi amiga, ésta no le importa. Ten.

Tras cobijar a la niña, Odilia salió del cuarto con la muñeca y el bulto de ropa sucia. Caminando con pasos imperceptibles encontró el cuarto de Ricardo al otro lado del pasillo. El niño estaba ya bajo las cobijas mirando un libro

—¿Te cierro la puerta? —preguntó muy bajo.

—No —respondió él sin levantar la vista.

—Buenas noches.

Ricardo permaneció callado y Odilia siguió su andar silencioso de zapatillas húmedas hacia las escaleras.

—¡Odilia! —llamó la señora Mercedes desde su cuarto—, el señor va a llegar tarde hoy, ponte un uniforme y ayuda a Concha con la cena, al rato bajo.

Mercedes fue a despedirse de sus hijos. Ricardo bajó el libro sólo para decir buenas noches y dejar que su madre le diera un beso en la frente.

—No te quedes leyendo hasta muy tarde.

—No, ma.

Daniela, casi dormida, oyó la puerta y sintió la luz, pero se quedó acurrucada, Mercedes acomodó un poco la cobija y le dio un beso en la cabeza.

—Buenas noches —susurró.

La niña no contestó por flojera. Si fuese su papá, aunque no abriera los ojos, hubiera sacado una mano para tomarle el dedo. Esperaba verlo por la mañana. No importaba qué tan tarde llegara de trabajar, qué tan desvelado estuviera, él siempre la llevaba a la escuela y por eso dormía tranquila. La educación era lo más importante, decía el padre a menudo; desde el preescolar él fue quien eligió la mejor escuela para sus hijos.

Tu mano aún recuerda la inmensidad de la de él, tu piel infantil la sentía gruesa, firme y segura al conducirte día con día a los estudios que poco te interesaron en la infancia y francamente rechazaste en la adolescencia. Nunca te habías preguntado el por qué. ¿Te daba pereza competir con las excelentes calificaciones de Ricardo?, ¿o tal vez porque las materias de la escuela te parecían aburridas?, o ¿que lo que te enseñó tu nana era más interesante? Ahora llenas de títulos las paredes. ¿Cuántos necesitas para encontrar tu redención?, ¿cuántos para decirle a tu padre que lo extrañas tanto que le perdonas su traición?, ¿qué pensaría él ahora de que eres erudita en cosas que los maestros no enseñan en las escuelas, de prácticas antiguas que la religión prohíbe y que se llevan a cabo clandestinamente? ¿Qué te diría ahora que la nostalgia que te invade en el día del funeral de tu mamá es por él, porque de entre tus recuerdos de niña el más valioso es el del día en que te dio permiso de ir al mercado con Odilia; y por ella, que te ató la mano con un cordón y te confió sus secretos? ¿Cuál habría sido su respuesta a tu pregunta si Odilia te hubiese permitido hacerla? ¿Aún quieres saber? ¿De veras no lo sabes?

III

—Es probable que Dani sea zurda…

—Sí, teníamos la duda pues hace muchas cosas con la mano derecha porque nosotros instintivamente así le presentamos los objetos, pero usa la mano izquierda para comer y para peinarse, por ejemplo. ¿Eso tiene alguna implicación? —preguntaron los padres a las jóvenes maestras.

—Ninguna, sólo nos interesa saber para enseñarle la pinza correcta en la mano de su elección; eso lo hacemos antes de que empiece a escribir o para colorear, por ejemplo.

De la entrevista, pasaron a realizarle varias pruebas, todas en forma de juego. No había nadie en el amplio salón pintado de colores claros, adornado con carteles ilustrativos del clima, de las palabras, de mapas, y de animales; con sillas y mesas de madera recién barnizadas, ordenadas en grupos de seis. Las pruebas se realizaron de manera individual, únicamente Daniela y sus futuras maestras se encontraban allí, los padres observaban en silencio en una esquina. Las maestras, siempre en voz modulada y amable, la invitaban a hacer figuras con masa de sal, trasladar frijoles de un cazo a otro con pinzas, dibujar con crayolas, con lápices de colores, con gises grandes en el piso, abrir el cierre de la chaqueta de un muñeco de Mickey Mouse, engarzar el botón y dar de comer a una tortuga que nadaba tranquila en una pecera.

Concluyeron que no era zurda; iluminó con la izquierda, pero prefirió dibujar y escribir, o sea, trazar figuras uniendo puntos, con la mano derecha. "Quizá desarrolle habilidades ambidextras más adelante."

Eso concluyeron tus maestras del kínder. Tú no te acuerdas con detalle, pero sí un día en que tu mamá pidió que le hicieras un dibujo a una de sus amigas, sabías que era show, así que lo hiciste con la izquierda, no tardaron las expresiones de asombro y los halagos. Lo cierto es que tu mamá lo presumía a sus familiares y amigas como si fuese algo fuera de serie, indicador de genialidad, tú preferías que no fuera así pues no se halagaba a tu hermano por igual. ¿Por eso dejaste de usar la izquierda?, ¿o había sido, como dijo tu papá, un juego de pequeña? También decían que tenías una amiga imaginaria. Tampoco eso fue cierto, pero jamás desmentiste a tus padres en público. A menudo te describes como una niña peculiar.

Daniela destacó por su habilidad para armar travesuras cuando apenas cursaba el primer año de kínder y ya descubría que la escuela, normalmente, le aburría. A nadie le importaba si usaba la mano derecha o la izquierda. Nadie preguntó por su amiga imaginaria, así que ella desapareció y apareció una amiga real que la incitaba y acompañaba en el relajo. Cuando no estaba armando un ajetreo, su mente vagaba por las paredes, la ventana, y las cabezas de los compañeros. En vez de leer, dibujaba sobre los libros, sobre la mesa, sobre el trabajo de los demás. Se ganó llamadas de atención: papelitos de colores que debía llevar a su mamá para que, a su vez la castigara, sin que le importara demasiado. A pesar de todo, la niña insistía en llevar la escuela a la casa; pero Ricardo se rehusaba rotundamente a ser su alumno, la madre nunca estaba y Concha no le hacía mucho caso, pues siempre estaba ocupada o cansada, así que fue Odilia quien debía tomar las lecciones.

—Primero te voy a enseñar la "a". ¿Qué palabras empiezan con a?

Odilia la escribía y contestaba antes de que Daniela terminara de trazarla en el pizarrón que descansaba sobre un pequeño caballete.

—Me dijiste que no fuiste a la escuela —Daniela retó a Odilia.

—Dije que no voy ahora, pero de niña sí fui.

—A ver, dime todo lo que sabes para enseñarte otras cosas, y no perder el tiempo.

—Escribir, leer, sumar…

Daniela soltó un suspiro decepcionada.

—Te puedo enseñar catecismo.

—Mejor me voy a trabajar, ahí enséñales a tus muñecas.

La pequeña Odilia busca conchas donde el río se junta con el mar, no se mete al agua, corre por la yerba, ayuda alimentando a las gallinas, haciendo tortillas con las tías, juega en su casa en el piso de tierra, tiene canicas que le regalan sus hermanos cuando han ganado muchas; también tiene una muñeca que ha perdido su vestido.

La mamá decide que es tiempo de que vaya a la escuela porque ella quiere ir a trabajar al poblado vecino que es más grande. La prima le regala a Odilia un vestido que ya no usa, le queda grande pero la mamá dice que así es mejor, "para que le dure", al fin que sólo lo usará el primer día. Una mañana, le atan moños en las trenzas y se va con los hermanos por la vereda. Caminan mucho, pero ellos no se cansan, en cuanto ven la estructura de tabique gris se echan a correr para encontrar a los amigos que ya juegan con una pelota. La dejan atrás, ella no los puede alcanzar.

Hay sólo dos salones, los hermanos llevan a Odilia a uno y ellos se meten al otro. Las ventanas no tienen vidrio, Odilia ve los barrotes y aunque nunca ha visto una cárcel, sabe de ellas y cree que así deben ser. Los niños y niñas son de diferentes edades, se sientan en escritorios de tres en tres, viendo hacia el pizarrón. Odilia encuentra un lugar y se acomoda en la mera esquina, con una nalga al aire; la niña que está junto a ella no hace ningún esfuerzo por hacerle un espacio. Ella ya escribe porque tiene un libro que tiene letras e ilustraciones bajo las cuales hay renglones donde ha trazado palabras completas. En una pared hay una tira larga de cartón con el alfabeto, la A con un árbol, la B con una ballena; la Ñ, ñandú;

la X, xilófono. Pero Odilia todavía no sabe usar las letras, tampoco sabe qué es un ñandú ni un xilófono, jamás ha visto una ballena. Entra una joven vestida con falda azul marino, blusa de manga larga, moño rojo en el cuello y chaleco, medias y zapatos de cinta, a pesar del calor. Los niños se levantan inmediatamente y la saludan a coro: "Buenos días, maestra".

Ella escribe su nombre en el pizarrón. Lo dice exagerando los sonidos y la enunciación, ese es el tono que usará siempre que haga dictados. Pasea por entre las filas de bancas llevando una regla de medio metro en las manos. Le da unos golpes en la cadera a Odilia, para que mantenga el cuerpo completo dentro de la banca. Ella se arrima a la niña contigua que le hace una mueca, la repasa de reojo y permanece sin moverse.

—Levanten la mano los que no trajeron lápices.

Una decena de manitas resecas y sucias se alzan y permanecen así, hasta que la maestra pasa y coloca un lápiz sobre el escritorio en frente de ellos y les indica que pueden bajar la mano. Cuando llega al último, se cerciora de que todos tengan lápiz. Luego les ordena a los dos niños que están en las primeras filas que repartan un cuaderno tamaño esquela de cuadrícula grande a cada alumno. Algunos cuadernillos parecen nuevos, otros tienen pocas hojas, las usadas han sido arrancadas por los antiguos dueños cuyos nombres han sido tachados con un crayón negro.

—Todos escriban su nombre en la primera página del cuaderno —indica la maestra.

Odilia toma el lápiz con la mano izquierda, no sabe cómo escribir su nombre y garabatea tratando de imitar a la niña que no se corre para que ella quepa mejor. Su compañera se ladea para darle la espalda y cubre su cuaderno con el brazo para que Odilia no pueda ver lo que hace. La maestra ya se pasea mirando lo que los niños han escrito. A veces se detiene en un pupitre.

—¿Cómo te llamas?

—Pedro.

—P —exageran los labios de la maestra mientras escribe—, eeeee —continúa—, d, r, o. Ahora cópialo —así, hasta llegar a Odilia. Ahora trae una regla más pequeña y con ella le golpea la mano izquierda provocando que el lápiz haga una marca oscura y marcada sobre el papel.

—Con la otra.

Odilia no entiende, voltea la página y recoge el lápiz con la mano izquierda. De nuevo, el reglazo.

—¡Con la otra mano! —dice la maestra alzando la voz para recalcar la penúltima palabra. Odilia toma el lápiz con la derecha, pero no hace nada. Mira la punta de éste, ahora chata, sobre la cuadrícula azul.

—¿Cómo te llamas?

Se oye un susurro, otra vez la regla, ahora sobre el escritorio. La niña se sobresalta.

—¿Cómo?, veme a la cara cuando me contestas.

Odilia repite su nombre, quiere tragar saliva, pero tiene la boca seca. La maestra le arrebata el lápiz, escribe el nombre de Odilia mientras lo deletrea alzando la voz con cada letra.

—Ahora cópialo.

La compañera de al lado se ríe. Ella sí sabe escribir su nombre, se endereza, y orgullosa le enseña sus trazos a la maestra; recibe un "muy bien, Sarita".

Cuando todos salen al recreo, Odilia se queda con la maestra para que le enseñe cómo tomar el lápiz, la maestra le hace trazar las letras y le ordena practicarlas de tarea, y que no olvide hacerlo con la derecha. Sale rendida con la garganta echa un nudo. No ve a sus hermanos hasta que es hora de regresar a la casa. Le preguntan cómo le fue. A Odilia no le gusta la escuela. Ellos ríen, a nadie le gusta. No preguntan por qué para ella ha sido tan desagradable. En su casa, hace la tarea al lado de sus hermanos. Ellos escriben rápido con la mano derecha; terminan muy pronto y se van a jugar. Ella tarda mucho y le sale mal, la mano derecha es muy torpe. Se desespera, termina con la izquierda. Mira satisfecha sus trazos. Al día siguiente, en la escuela, la maestra le amarra el brazo izquierdo al cuerpo con un mecate y, de nuevo, no puede salir al recreo, ha de quedarse dentro del salón para practicar.

IV

Para Odilia, la recámara en casa de Daniela era la tercera en una casa ajena. De hecho, era la tercera en su vida, pues en casa de sus padres dormía en una hamaca que colgaba en la cocina. Programó su despertador para las 5:30 de la mañana. Todos los días se levantaba con el primer sonido. Después de lavarse la cara, cepillarse el pelo y sujetarlo con una liga, se vestía con el uniforme de rayas. Aunque la señora no le hubiera dado instrucciones de cómo hacerlo, a ella le gustaba mantener un orden: verde, lunes y jueves; rosa, martes y viernes; blanco, el miércoles que llevaba a los niños a la clase de natación. Los de color sólido, azul oscuro o negro, eran para los fines de semana o cuando lo señores tenían fiesta. Ya sabía, como dicen, trabajar. Una tía le advirtió: "Tienes que preguntar a las otras muchachas cómo le gusta a la señora que se limpien los baños. Cuáles son los trapos para una tarea o la otra. Así te vas a enseñar. ¡Ah, y nunca te encariñes con tus patrones, ni con sus niños, aunque te traten bien! A pesar de convivir muchos años en intimidad con la familia, en el fondo eres simplemente una empleada a quien pueden reemplazar sin tocarse el corazón".

Cada mañana le parecía oír la voz de su mamá cuando, recién cumplidos los catorce años, le dijo que ya tenía edad de trabajar en casas. Ya era su tercer empleo y aún cargaba la angustia de sus ruegos frustrados; suplicó que la dejaran quedarse con la abuela, que necesitaba aprender más, que de ser necesario regresaría a la escuela pero que no la mandara a vivir en una casa extraña, lejos de su familia, del pueblo, del río que se juntaba con el mar. Pero se necesitaba el dinero, y había que ir a la ciudad, porque ahí, en las casas grandes, se ganaba mejor. Muchas jóvenes de su pueblo se habían ido ya, la mayoría no podía esperar ese momento para ser libres e independientes. A Odilia no le gustaba nada la idea.

Se juró albergar para siempre el recuerdo de la lágrima que se le escapó a su mamá mientras aparentaba ser firme y dura: simuló frialdad y no la abrazó al despedirse, se metió a la casa antes de que sus hermanos terminaran de amarrar los bultos sobre la mula y se marcharan para acompañarla a la parada del camión. Pero también ya notaba crecer en ella esa frialdad para no sentir nostalgia por la tierra que se convertía en arena, por el olor a planta, por la gente con sus secretos que ella conocía, las arrugas y el delantal de la abuela, el olor a tepache de su papá, y la piel oscura de sus hermanos que después se fueron al norte porque en el pueblo tampoco había trabajo para ellos. Y así, fingiendo indiferencia como su madre, intentaba no encariñarse con esa niña a quien su mamá abrazaba poco, que la tomó de la mano, le frotó perfume y regaló una muñeca el primer día que la conoció.

—Anda, Dani, que vas a llegar tarde a la escuela —la animaba mientras le hacía unas trenzas bien apretadas al mismo tiempo que la niña esparcía el huevo por el plato. Odilia la entendía porque a ella también le resultaba imposible comer algo pesado tan temprano; sin embargo, aún no se animaba a contradecir a la cocinera para servirle tan sólo una fruta y un poco de cereal.

—¡Apúrate ya! —reprimía Concha, viendo la debilidad de Odilia—. Nomás estás enfriando el desayuno, si no lo quieres ya levántate y corre a lavarte los dientes, ya te ganó tu hermano.

Ricardo papá y Mercedes no hacían caso a lo que sucedía en la cocina. Él tomaba café en el comedor, leía el periódico y mordisqueaba un pan tostado; la madre hablaba por teléfono, hojeaba alguna revista o revisaba su agenda dentro de su recámara. A las 7:30 Odilia tomaba la mochila, la lonchera y el suéter para llevarlos al auto. Ricardo aparecía peinado, con sus libros y su lunch, se despedía formalmente de su mamá y se subía en el asiento delantero a esperar a su hermana, quien de pronto salía animada, caminando de la mano de su padre, como si tuvieran todo el tiempo del mundo.

—El señor ni le hace caso a la señora Mercedes, ¿verdad? Pero la niña lo tiene embobado —comentó Odilia un día.

— Se me hace que ése le hace de chivo los tamales —contestó en voz muy baja la cocinera, y al ver el desconcierto en la cara de Odilia buscó otras palabras—, que le pinta el cuerno… —agregó muy bajo, sabiendo que no tardaría en llamarla la señora.

—Conchaaaaaa —gritó la mujer una vez envuelta en el silencio de su casa—, no seas malita, sírveme otro cafecito, por fa, ¿no?

Odilia le llevó la cafetera por órdenes de la cocinera e inmediatamente después subió a tender las camas y juntar la ropa sucia, para luego trapear, lavar, esperar a que la señora acabara de bañarse y arreglarse para poder asear los baños. Esa era la rutina de la mañana; más tarde ponía la mesa y bajaba a la lavandería a echar, sacar y planchar la ropa mientras llegaban los niños de la escuela. Las mañanas eran monótonas, pero se iban de prisa, ni tiempo le daba para mirar el reloj, el ruido del camión era lo que le indicaba que ya era hora de salir a buscar a los pequeños.

Odilia era la menor de su familia, jamás convivió con niños pequeños y hasta entonces le eran indiferentes; así que le sorprendió el gozo que le causaba la llegada del autobús de la escuela. Al principio temió no tenerles paciencia a los niños porque nunca había sido nana, "sólo recámaras y lavandería", les pedía a sus empleadoras. Pero ahora planchaba atenta a los sonidos para correr a recibir a Ricardo y a Daniela. Los niños bajaban adormilados y ella los pastoreaba hacia la casa, Concha les tenía servidos jugos y unas galletitas saladas con queso. Eso los revivía y salían a jugar al jardín o se sentaban a ver televisión mientras llegaba su mamá de quién sabe dónde. Los niños no tardaron en integrar a Odilia a sus juegos y a que viera con ellos sus programas favoritos de televisión.

—¿No tienen que hacer tarea? —preguntaba Odilia los primeros días, recordando cómo a sus hermanos no se les servía ni una migaja antes de terminar los deberes escolares. En su casa, a duras penas había tres comidas y eran para quien trabajara y mereciera el derecho a disfrutarlas.

—La haremos después de comer —respondía Ricardo, para luego recibir el regaño de sus padres por no haber, al menos, comenzado. De paso se le recriminaba a Odilia por dejarlos "hacer lo que quisieran".

El momento de la tarea era solemne, silencioso y pesado. La señora Mercedes leía revistas, o se entretenía hablando por teléfono con alguna amiga o mirando la televisión muy bajita en su recámara mientras la nana daba vueltas para animar el trabajo de los niños.

En las noches, cuando el señor Ricardo llegaba temprano, revisaba las tareas; elogiaba su esfuerzo, y discutía los errores. Entonces Daniela se sentía enorme, importante e inteligente. Odilia observaba aguardando a que terminara la junta para preparar a Daniela para irse a dormir, momento que llegaba, normalmente, por orden de la señora Mercedes.

Las noches en las que salían los papás, generalmente en fin de semana, Odilia se quedaba con los niños viendo televisión. Frecuentemente había disputa sobre qué programa ver o qué juego interesaba a ambos. Muchas veces, Ricardo encontraba otro entretenimiento en su recámara mientras Daniela y Odilia leían cuentos o dibujaban. Era entonces cuando ellas platicaban. Odilia conocía por nombre a todos los compañeros de salón de Daniela, a los amigos de Ricardo, las maestras amables y las regañonas. A cambio, Daniela empezó a descubrir el pueblo de Odilia, a su abuela y las yerbas que usaba; de lo que no se enteró fue de cierta maestra que les pegaba con una regla de madera a las niñas zurdas.

Daniela pronto se fastidió con los cuentos de Grimm adaptados y endulzados por Walt Disney y también de los otros que se escribían para enseñar a los niños cómo ser buenos, amables y obedientes.

—¿A ti te leían cuentos de chiquita?

—No teníamos muchos libros, pero mi abuela siempre me estaba contando historias.

—¿De Blanca Nieves, el conejo Pedro y Platero? Esos ya me aburrieron.

—Me sé otros, pero no son cuentos.

Ricardo, desde su recámara, podía escuchar la conversación, e interesado, apareció para retar a Odilia

—A ver, ¿como cuál?

Odilia sin reparo, les narró el cuento del Sambomono:

—Cerca de donde yo vivo, hay un pueblo que se llama Tres Zapotes, y ahí vivía con su papá un niño que se llamaba Juanito. Era un niño muy tímido y solitario que no le gustaba jugar con otros niños. Todos pensaban que era muy raro; entonces, un día lo invitaron a nadar al río. Juanito aceptó, pero se fue a zambullir al otro lado, donde el río hacía una curva, para que no lo vieran. Los otros niños sabían que haría eso y lo dejaron ir. Cuando pensaron que él estaría confiado, fueron a espiarlo; entonces se llevaron una gran sorpresa: Juanito tenía todo el cuerpo cubierto de pelo y detrás le colgaba una cola. Entonces se empezaron a reír y burlar de él: "Juanillo, el oso", le decían mientras le jalaban la cola, lo tocaban y lo empujaban como si fuera un animal. Juanito se pudo escapar y se fue corriendo a buscar a su padre. Le contó lo que había pasado en el río, y llorando le dijo que ya no quería volver a la escuela, ya nunca más quería ver a nadie. "Te advierto, papá, como tengo cuerpo de oso, también fuerza de oso; si me molestan, me voy a enojar y tú sabes que los puedo matar." El papá de Juanito estaba muy preocupado y muy triste, "qué crueles son los niños", pensaba. Le rogó a su hijo que ignorara a los niños que lo molestaban, pero Juanito estaba decidido: "Me voy a ir al monte, papá, y que a nadie se le ocurra buscarme, porque lo mato", le dijo. El papá no se resignaba a perder a su hijo, entonces Juanito le dijo: "toma este caracol de mar, para que vengas a visitarme, cuando lo toques, sabré que eres tú". Al poco tiempo, empezaron a escucharse historias de desaparecidos en el monte. Los que se internaban entre los árboles nunca regresaban y por las noches se escuchaban gritos de terror. Algunos pudieron alcanzar a ver al animal del monte; decían que era un humano con cuerpo peludo y con cola. La gente le decía Sambomono. Se decía que era una criatura solitaria que atrapaba gente sólo para no aburrirse. El padre sabía que hablaban de su hijo, pero no se atrevía a decir nada, lo único que pudo hacer fue recomendarle a la gente que no anduviera cerca de ahí y que, para cruzar el monte, lo mejor sería que lo hicieran tocando un caracol de mar, así el animal no atacaría. La gente siguió el consejo del papá de Juanito. Así, el padre logró salvar algunas vidas, pero no dejaba de pensar que los niños son muy crueles.

—¿Y qué pasó con Juanito? —preguntó Daniela.

—¿Oso? —interrumpió Ricardo—. Más bien era un chango —se carcajeó Ricardo y Daniela se rio al ver cómo se rodaba en el piso con lágrimas en los ojos.

Todavía recuerdas cuando usó aquel nombre para ofender a un niño en el camión de la escuela. Como los demás no conocían la leyenda, encontraron que el apodo era genial y Ricardo se adjudicó un título más de popularidad como el ocurrente para los insultos.

Ese era el tipo de historia que pedías: sin rodeos ni empalagos, la moraleja era simple: no entrar al bosque donde había un niño-monstruo encabronado; o bien: hay que tener a la mano un caracol de mar para que el Sambomono crea que eres su papá y no te atacara. Una noche le preguntaste a Odilia si de verdad existía el Sambomono, te contestó que eso decían en su pueblo. Quisiste saber si ella tenía un caracol de mar para protegerse.

—En mi casa —contestó sin explicar que tenía varios, no para engañar al niño-oso, sino porque los encontraba sobre la arena a la orilla del mar.

En la oscuridad de tu cuarto te persignaste muchas veces y diste gracias porque no vivías cerca del bosque, de todas formas, atisbaste las ramas de los árboles que se asomaban por la ventana y se mecían con el viento. Durante años sospechaste de cualquier niño tímido que se apartara de los demás, como la pobre víctima de las burlas de Ricardo; qué tal que en las noches era un Sambomono y llegaba a atacar a Ricardo, o a ti, nada más por reírte. El papá de Juanito, el supuesto Sambomono, tenía razón, los niños son crueles, Ricardo fue cruel. Por eso también las brujas los buscan para comérselos… ese era otra narración de Odilia que contaba relatos que para ti eran reales en su mundo y no cuentos que ya todos los niños conocían a sabiendas de que no eran historias verdaderas.

V

Una tarde el papá llegó con un bóxer cachorro. En un instante, su presencia llenó la casa y cambió la dinámica de la familia. Entonces sí era difícil que los niños se sentaran a hacer la tarea llegando de la escuela, pues Rocky, como lo llamaron por el famoso personaje de Sylvester Stallone, nunca aprendió a comportarse dentro de la casa. A partir de ese día, Odilia esperaba a los niños en la parada con el perro tirando de la correa. Ricardo y Daniela se despabilaban antes de bajar los tres escalones del camión y Rocky se deshacía en brincos y vueltas, entonces la nana cedía la correa a Ricardo y niños y perro corrían al jardín dejando loncheras, mochilas y chamarras en la banqueta para que Odilia las cargara hasta la casa.

Mercedes permitía que Rocky la acompañara en el café de la mañana. Por alguna razón que ni ella misma comprendía, logró que estuviera echado y quieto a su lado. El papá lo saludaba cuando llegaba del trabajo, con unos cuantos elogios y unas palmadas fuertes en los cachetes, entonces el perro volvía a brincar gimiendo de felicidad mientras Mercedes se lamentaba: "ay, Ricardo, te va a ensuciar el pantalón". Para la familia era un juguete; para Odilia, una pesadilla que la hizo añorar sus mañanas insípidas. El juguete le quitaba varias horas de su quehacer porque era ella quien a diario debía limpiar sus suciedades, sacarlo a pasear, y darle de comer; a veces eran las sobras de la cocina, a veces un alimento que sacaba de un gran saco de papel. Luego, invariablemente tenía que cambiarse el uniforme pues el perro, además de saltarle con las patas enlodadas, también la dejaba llena de baba, moco y pelo. El veterinario venía a revisarlo, bañarlo y vacunarlo de vez en cuando y era ella quien debía perseguirlo, asirlo con la correa y sostenerlo durante la tortuosa visita. A menudo las mascotas se convierten en parte del mobiliario y la rutina les va robando tiempo de cariño y atención, así que más sorprendida quedó Odilia cuando al asumir la responsabilidad del perro, se fue dando cuenta de que poco a poco, también se estaba encariñando con Rocky, muy a pesar de las palabras de su tía.

La rutina con el perro la obligó a planchar en las tardes. Entonces, en vez de subir a jugar con Daniela, la niña bajaba a su cuarto para hacerle compañía, comer galletas Marías con cajeta, ver telenovelas o escuchar sus historias.

—¿Éste quién es? —preguntó la niña, señalando una de las tantas fotos e imágenes dispersas entre los triques que se atiborraban la mesita de noche y la pared.

— Ése… —Odilia volvió la mirada la mirada con ojos entrecerrados— mi papá.

—¿Y ésta?

—Mi abuela.

—¿Y éstos?

—Mi mamá y mis hermanos.

—¿Son rancheros?

—No.

—¿Por qué traen sombreros de rancheros?

—Porque allá hace mucho sol.

— Ah. ¿Y éste quién es?

—San Judas.

—¿Y éste?

—El niño Fidencio.

—¡Aaaaggggr! —saltó Ricardo que estaba escondido detrás de la puerta.

—¡Tonto! —gritó Daniela.

—¡Ay, Ricardín, me vas a hacer quemar la camisa de tu papá!

—¿Qué hacen? —preguntó ignorando el susto de las mujeres.

—Viendo la tele —contestó Daniela.

—Ven, te voy a enseñar algo —le dijo Ricardo a su hermana ignorando a Odilia.

Daniela juntó sus galletas en forma de torre y se fue tras él.

Tan pronto como Odilia terminó de colgar la última camisa planchada, la sobresaltó el timbre del teléfono, seguido de la voz de Concha desde la cocina.

—¡Contesta tú! —los niños rara vez atendían el teléfono, y la señora no estaba en la casa.

—¿Bueno? —dijo casi imperceptible.

—¿Hola? —se escuchó una voz familiar, distante pero fuerte.

—¿Sí? —volvió a preguntar con miedo.

—¿Odilia? ¡Pareces mensa! Habla bien.

—¿Quién es?

—Pues yo. ¡Pancho! ¿Quién más?

Reconoció la voz, pero temía equivocarse y la confirmación le causó una gran sonrisa, una que le hizo olvidar que los niños estaban solos, que tenía que ver que no hicieran "lo que se les pegara en gana", que esperaba la tarea, el baño, la cena, que la señora llegaría en cualquier momento; se desdibujó la casa, la familia, la cocinera refunfuñona. La voz le trajo el olor a campo, los pies cubiertos de polvo por patear una pelota, la vereda que algún día recorrió con él para ir a la escuela, los deberes que él le hizo muchas veces antes de que la maestra se diera cuenta y la sacaran de la escuela porque parecía que nunca iba a aprender.

—¿Dónde estás? ¿Cómo conseguiste el teléfono?

—Ay, Odilia, ¿cómo que dónde? Pos aquí sigo, en Atlanta. Mamá me dio tu teléfono. Oye, deberías venirte para acá tú también.

—No puedo, no me deja mi papá; que es peligroso, dice.

—Sólo la cruzada, pero ¿cómo es que te deja ir a la ciudad? Eso es peor.

—Pues tú dile. ¿No hablas con él?

—Sí, pero no le he preguntado, nada más le hablo para decirle cuando ya le mandé dinero, quiero que se compre unos animales.

—¿Cómo está Ramiro? —preguntó Odilia.

—Bien, conmigo.

—¿Qué hacen?

—De jardineros, nos conectamos con un chavo de El Salvador.

—¿De qué?

—Pues de ahí, de Centroamérica.

—Ah y… ¿no extrañan?

—Un poco… bueno, la verdad sí; pero qué le vamos a hacer. ¿Tú?

—¡Uy! Muchísimo, ya llevo tres trabajos, ahora me vine hasta la capital, y no he ido al pueblo para nada. Extraño más a la abuela, y a ustedes, pues… Ya me tengo que ir, me están llamando.

—¿Estás bien?, ¿te tratan bien?, ¿te gusta donde estás?

—Sí, sí, son buenos, estoy bien, no me preguntes tantas cosas, ya me están llamando.

—Que te esperen un rato, pues.

—No puedo, luego se enoja la otra muchacha.

—Órale, pues ahí luego te hablo.

—Adiós, ahí me saludas al Ramiro.

—Va, bye.

La señora no había llegado, pero Concha, replicando el modelo de autoridad aprendido, no se cansaba de gritar su nombre.

—Dile a tu novio que te llame más noche o en fin de semana —la regañó.

—No es mi novio, es mi hermano, está en Estados Unidos.

—¡Qué va! Por eso le digo a la señora que mejor ocupe muchachas más grandes; como yo, no escuinclas güevonas, ándale a bañar a la niña que ya voy a hacer la cena.

Odilia colgó el auricular con un suspiro hondo, hubiese querido hablar con su hermano sin que Concha la fastidiara, "vieja amargada y envidiosa", pensó, siempre se las ingeniaba para interrumpir ya fuera que estuviera en el teléfono, con la vecina o anotando en su cuaderno. Con la señora no tenía problemas, porque estaba poco en la casa, el señor, menos pues apenas la saludaba; pero la encargada de la cocina se sentía patrona.

VI

—Mañana es jueves, mi mamá viene a comer —anunció la señora un miércoles—. Y el viernes es la jugada aquí, pero como es cumpleaños de la señora Liliana, vamos a hacer comida completa en lugar de bocadillos: sopa de pimiento, chiles en nogada, arroz blanco, y de postre, ¿qué te parece un flan de nuez?

—Mejor de cajeta —sugirió la cocinera con autoridad —para que no sea nuez en la salsa y luego nuez en el postre.

—Sí, me parece bien. Nos haces también un agua de chía.

—¿Y para mañana?

—Lomo a la ciruela, coles de Bruselas y una sopa de calabaza.

—¿Y a los niños? Ya ve que no les gusta nada de eso, luego no comen.

—Tienen que aprender. Si no quieren, ya cenarán sándwich de jamón. No hay que malacostumbrarlos.

Mercedes salió de la cocina fingiendo no haber notado que la cocinera había hecho ademán de fastidio al levantar los ojos al techo. Les haría sándwiches a los niños desde la hora de la comida, ni modo que se quedaran con hambre después de la escuela. Nunca lo admitía, pero le gustaba consentirlos.

—Nomás gasta su dinero, los niños sólo revuelven la comida en el plato y así lo dejan; cree que yo me como eso, pero la verdad es que lo tiro, a mí ni me gusta —refunfuñó Concha, casi para sí, mientras Odilia terminaba de guardar unos cubiertos—. Su mamá de la señora… otra vieja inútil, se siente la reina del mundo. Viene casi todos los jueves, no te había tocado porque andaba fueras, quezque de visita, dice, sabrá dios dónde. ¡Allá se hubiera quedado! Siempre me está pidiendo que le consiga a una muchacha, pero yo le digo que no conozco ninguna porque no le duran. Es muy mala. Vieja amargada, sólo anda viendo qué no le parece... y no le parece nada. ¡Y los niños! Se portan peor a propósito para hacerla enojar, y su hija ni pío dice, aunque le critique al marido, la casa, su ropa. Es una vieja metiche.

Odilia había oído hablar de esa abuela. Es una bruja, le dijo Ricardo una tarde en que él y Daniela le ayudaban a ordenar los calcetines juntándolos en pares.

—¿Bruja? —preguntó Odilia asombrada.

—Sí, nos pellizca —explicó el niño.

—Mi mamá nos prohíbe gritar cuando nos pega y nos pellizca —intervino Daniela divertida—, Ricardo la hace enojar a propósito para que le dé unos buenos pellizcos y ver si puede aguantar sin quejarse. Hace unas caras muy chistosas para hacerme reír, entonces también me toca —los dos se reían mientras Daniela platicaba.

—Es facilísimo hacer enojar a la abuela —interrumpe Ricardo—: sólo tienes que coger el tenedor como "no se debe" o poner un codo sobre la mesa, nos grita por cualquier cosa —dice esto haciendo ademanes.

—Una vez, de la risa se me salió el agua por la nariz y me hizo levantarme de la mesa torciéndome el brazo mientras a Ricardo se le puso la cara roja —contó Daniela y todos rieron a carcajadas.

—La señora Mercedes no sabe guisar nada de lo que me manda —dijo Concha a Odilia cuando Mercedes salió de la cocina—. Hasta cree que leo los libros que tiene allí, pero yo aprendí a cocinar porque de chamaca trabajé muchos años con una señora que organizaba eventos y banquetes. A veces preparábamos todo en la cocina de su casa, que era enorme; otras, lo hacíamos donde fuera la fiesta. Tiene su chiste, no te creas, mejor te enseño por si un día me voy y te va tocar hacerlo a ti.

—¿A poco ya te vas a ir? —preguntó Odilia.

—No tengo planes ahorita, pero una nunca sabe… ya estoy vieja.

—Pues si te vas, que la señora se consiga otra cocinera, yo no quiero aprender.

Odilia conocía las intenciones de Concha; sí estaba cansada y por eso de una manera u otra lograba que Odilia hiciera su trabajo. Cada vez más seguido se las ingeniaba para que ella terminara por hacer todo.

—Ya mejor me voy a mi quehacer. Mira cómo deja los cristales el perro, y tú quieres que me ponga a cocinar.

Sin embargo, Odilia no pudo evadir participar en el trabajo de Concha cuando la señora las mandó juntas al mercado para ayudarla a cargar las bolsas. Ni hablar. La casa a medio recoger, la ropa sin planchar y los vidrios luciendo las huellas lodosas del Rocky, que rogaba lo dejaran entrar, le auguraban trabajo más tarde; y con visita al día siguiente, para acabarla de amolar. Odilia suspiró, se cambió el uniforme por ropa de calle y aguardó a Concha, quien también se quitó el uniforme, pero volvió a enfundarse en su delantal. Le ordenó que trajera dos bolsas de mercado. Salieron juntas y caminaron a la esquina a esperar la pesera.

—Vamos a la Merced, así aprovecho para ir al mercado Sonora —dijo Concha, como si Odilia supiera a qué se refería.

Entre semana, Odilia salía muy poco de la casa, y cuando lo hacía era a la papelería, la tienda de abarrotes o la farmacia que estaban a unas cuadras. Los domingos se veía con una amiga de su pueblo que la llevaba a comprar ropa al tianguis; a pasar el día a la casa de su tía, que era costurera; y, a veces, a algún parque a pasear con unos muchachos vecinos de la tía, que las invitaban a tomar una paleta helada o mangos con chile afuera de la estación de metro que estaba cerca de la cancha de futbol en la que jugaban. Ahí conoció a Lorenzo.

Daniela y Ricardo se encontraban en el cuarto de Odilia cuando les enseñó las fotos de un domingo que pasó en Chapultepec.

—¿Viste el castillo? —preguntó Daniela emocionada cuando le platicó.

—Sí, pero no por dentro.

—Tienen espadas, armas, uniformes, y carrozas de la Revolución y de los niños héroes —comentó Ricardo.

Odilia les dijo que comió chicharrones, paseó por las avenidas de adoquín y hasta remaron en el lago.

—Mi mamá no nos deja comer esos chicharrones, ni remar; dice que el agua está muy sucia —añadió Ricardo.

Odilia se rio, sí, el agua olía mal, pero se había divertido con sus nuevos amigos que jugaban a mojarlas con los remos y amenazaron con voltearles la lancha.

—¿Te vas a casar con tu amigo? ¿Cómo se llama? —cuestionó Daniela.

—¡Ay, no! —respondió Odilia apenada y se sonrojó al pronunciar el nombre de Lorenzo, porque desde que se conocieron se gustaron y ahora se veían regularmente.

—Es que Tere, mi otra nana, sí se casó con su novio, y por eso se fue. Bueno, eso dice mi mamá, Concha dice que se la robó su novio. ¡No dejes que te robe Lorenzo!

—Nadie me va a robar —prometió Odilia. No deseaba acostumbrarse a otra casa, y mucho menos a otra familia. Se prometió que, de terminar en este empleo, regresaría a su pueblo a vivir con la abuela Tila y cuidarla hasta su muerte. Eso añoraba, pero el panorama no se veía en un futuro cercano; lo cierto es que permanecería ahí, con Daniela, mandaría dinero a su mamá y seguiría viendo a su novio los fines de semana.

—Aquí nos bajamos —anunció Concha, sacando a Odilia de su pasmo por ver las calles mucho más saturadas que en domingo.

Caminaron entre la multitud, si bien Odilia visitaba los puestos en la explanada de alguna estación de metro, nunca había entrado ni mucho menos viajado en uno de los vagones. Tomó el brazo de Concha con fuerza, pues si la perdía de vista no sabría regresar a la casa. Le resultaba incongruente viajar tanto para ir a hacer las compras. Había visto mercados sobre ruedas y supermercados mucho más cerca de la casa. Rápidamente se percató de que su acompañante, achacosa y lenta en la cocina, en la ciudad navegaba ágil, con seguridad y aplomo. Tras comprar los boletos, bajaron unas escaleras y abordaron un vagón. Encontraron dos asientos, tuvieron suerte, pues en cada parada entraba más gente que saturaba los pasillos, ella tenía la nalga de un hombre casi en la cara por lo que bajaba la mirada. Veía sus manos, una en su regazo, la otra apretada al brazo de Concha. Luego fijaba la vista en sus zapatillas delgadas, las piernas hinchadas de Concha resguardadas en unas medias gruesas, y los zapatos blancos, anchos de agujetas. Le explicó que en su otro trabajo las cocineras usaban esos zapatos de enfermera porque pasaban mucho tiempo de pie y se había acostumbrado a ellos.

—Mira, trasbordamos en Balderas.

—Ajá —asintió Odilia, aún sin soltarle el brazo.

Salieron con el río de gente, subieron y bajaron escaleras y entraron en otro vagón donde sólo cupieron paradas. No supo qué era peor, ir sentada con la nalga de albañil en la cara o el roce del tubo grasoso y la axila del hombre de junto que se sostenía de él.

—Salto del Agua, Isabel La Católica, Pino Suárez y nos bajamos en Merced —indicó Concha como si con ello animara a Odilia a soltarle el brazo, como si la información le fuera útil en caso de perderse.

La muchacha no la iba a soltar, aunque se quedara con parte de su piel en la mano. No hacía falta dar pasos, el tumulto las obligó a bajar del metro y subir de nuevo unas grandes escaleras que las condujeron a unos arcos amarillos que a su vez las llevaron a la salida enmarcada por unos vitrales de colores como los que Odilia sólo había visto en las iglesias. El resplandor del sol la cegó por un momento y luego se dibujó un gran edificio compuesto de varias naves de techos curvos frente a las cuales había un mar de toldos amarillos y sombrillas de muchos colores y, de nuevo, una multitud.

—¡Aquí se debe poder comprar de todo! —exclamó Odilia, con ojos inquietos por retener y procesar tantas imágenes de golpe.

Puestos de comida preparada, de jugos, de fruta cortada, jaulas con pájaros y gente de todas edades y tipos se le aparecieron como un caleidoscopio de movimiento y color. Ansiaba entrar. Si así era afuera, no podía imaginar lo que encontraría dentro. En efecto, eso era un mundo: los pasillos parecían interminables; había uno repleto de puestos de diferentes chiles, otro de verduras acomodadas en forma de pirámides coloridas, otro para los quesos y la crema en vitrinas refrigeradas, especias y moles en cajones de madera, cubetas o costales; otra nave albergaba artículos de plástico para la limpieza y la cocina; juguetes, delantales, suéteres, mercerías, útiles escolares. Odilia veía, tocaba y comentaba todo como niña en dulcería. También había toda una sección para los dulces empaquetados y las piñatas, además de los tradicionales, como palanquetas y peladillas. Comieron tostadas y agua de horchata en un puesto que tenía platones enormes con pata, salsas, chicharrón prensado, carne y pollo desmenuzado; luego pasearon y compraron verduras, granada fresca y fruta seca, nueces, ciruelas, tortillas, arroz, jamaica, tamarindo, perejil, cilantro… a Odilia le pareció mucho mercado para tan poca compra. Cada una cargaba una bolsa y no estaban muy pesadas.

—¿Y la carne? —preguntó de pronto.

—Esa la compra la señora en la carnicería que le gusta, cerca de la casa. Aquí hay mucho pollo, cerdo, res, pescado, todo fresquito; pero creo que no le da confianza; ahora vamos al Sonora, con la yerbera —dijo Concha; y con un ademán señaló el puente que cruzaba la avenida hacia otro mercado igualmente grande y lleno, pero con un matiz totalmente distinto; en ese espacio se respiraba otro aire, las imágenes eran muy distintas a cualquier otro mercado.

Odilia absorbió la cantidad de yerbas, estampas, veladoras, cuadros y estatuas de santos, y muertes vestidas de diferentes colores; dorado para atraer dinero, verde para las cosechas, rojo para atraer a la persona amada. Sobre todo, le llamaban la atención los vendedores, los veía a los ojos sin recato y, aunque algunos desviaban la mirada, otros se la devolvían con igual intensidad. Sus oídos también estaban atentos a los pregoneros: «amarro, atraigo, ato, ligo, someto, doblego y entrego humillado o humillada al amor de su vida», «no sufra más en silencio», «hago trabajos, amiga, una limpia». No dijo nada en todo el trayecto. Cuando al fin llegaron a la yerbería a la que Concha se dirigía, se sintió en su casa. Lo que ahí encontraron, tanto en bolsas de plástico engrapadas como en los costales a granel, lo conocía bien. Si tan sólo pudiera hablarle a su abuela. Concha compró drosera para la tos y para sus dolores. Odilia no interfirió. Concha sabía lo que hacía.

—¿Tú quieres llevar algo?

—No, gracias —contestó Odilia.

Concha la miró con los ojos entrecerrados, con ese gesto donde sus pómulos y cachetes subían hasta taparles la mitad. Odilia conocía esa mirada: era con la que la medía. A Concha no le interesaba si tenía necesidad de algún remedio, pero quería ver su reacción.

—Jmmmm —dijo a la marchanta con voz burlona—, todavía está joven, no tiene achaques ni dolencias, por eso no necesita nada.

Tras pagar, Concha metió el paquete de celofán con las hojas a la bolsa de su delantal e, ignorando todos los demás puestos, emprendió el camino de regreso con la misma agilidad y velocidad con la que había llegado hasta ahí. Odilia, quien prácticamente corría, dudó de dichas dolencias, aunque sí la oía toser por las noches a través de la delgada pared que separaba sus recámaras; esos lugares privados donde ni una ni la otra invitaba a la compañera.

—Tiene que haber límites porque no somos iguales —regañó Concha a Odilia por permitir que los niños entraran a su cuarto—, yo no me meto en sus cosas, ni ellos con las mías y espero que tú hagas lo mismo.

La cocinera se retiraba a su recámara a las nueve en punto y no había nada que la hiciera salir de ahí hasta el día siguiente. Algunos domingos permanecía encerrada todo el día.

Durante el trayecto de regreso, Odilia intentó aprenderse las paradas del metro para volver al mercado; quería regresar sin tener que pedir a Concha las indicaciones, y mucho menos su compañía. Dos mercados tan importantes deben ser fáciles de encontrar, pensó. Se fijó que la estación y el mercado llevaban el mismo nombre: Merced, igual que la señora, se dijo, sabiendo que no lo olvidaría. A pesar de haber perdido toda la mañana y de habérsele acumulado el trabajo, Odilia regresó contenta. Concha, por el contrario, estaba agotada y de muy mal humor.

—Ven, te voy a enseñar a pelar las nueces y los chiles.

Odilia quiso escapar, pero sintió pena por Concha y le ayudó a sacar las nueces de las cáscaras. Las pusieron a remojar en agua para pelarlas al día siguiente. Asaron los chiles y, en cuanto la cocinera los puso en bolsas de plástico para que sudaran, la otra se disculpó con un "ahorita vengo" y tuvo cuidado de no acercarse por la cocina hasta la hora de la cena de los niños.

VII

—¿Tu marido no viene a comer? —preguntó la abuela levantando una ceja dos segundos después de haber entrado a la casa y contar los lugares puestos en la mesa. No era necesario hacerlo, sabía que Ricardo no comía en su casa entre semana.

La abuela de Daniela era alta y tenía el pelo teñido de un negro intenso. Toda la familia y la gente en el pueblo de Odilia tenían el pelo negro, pero ninguno lucía la saturación y brillo del de esta señora y nadie lo llevaba recogido en un chongo tan elegante. Vestía un traje de pantalón y saco violeta, blusa de seda floreada; llevaba, colgado del cuello, un pesado collar de piedras; en la muñeca izquierda, una pulsera, juego del collar, y un reloj de oro. Los aretes colgantes también eran de las mismas piedras. Si ese era su atuendo de jueves, la nana no podía imaginarse el de domingo, mucho menos el de eventos especiales. Los niños saludaron a su abuela formalmente con un beso en la mejilla. Pero los labios exageradamente rojos, fríos y acartonados, no tocaron la cara de nadie ni esbozaron una sonrisa.

Odilia evitó sonreír ante el reconocimiento de la escena que Concha había profetizado: todos los jueves tuerce la boca, mira de reojo y suelta la misma pregunta. Invariablemente la señora Mercedes le explica que no; clarito se nota que no le cae bien su yerno, como la señora Mercedes es su única hija, esperaba un príncipe para ella, le había dicho la cocinera.

—Pues no, mamá, no entre semana; si vinieras en sábado, o viernes, que es cuando puede salir más temprano, podríamos estar todos juntos.

—Sabes bien que normalmente los fines de semana estoy ocupada. Tu marido me evita, o evita venir a su casa. A veces me pregunto de qué te sirve arreglarte todas las mañanas si tu marido no te ve. Será que por eso te vistes con tan poco gusto.

Mercedes bajó la mirada y permaneció en silencio.

—Mi mamá es la más elegante de todas las mamás de mi escuela —intervino Daniela para tan sólo recibir una mirada severa y un "no te metas en las conversaciones adultas" de parte de la abuela.

Así eran las comidas los jueves de abuela; todos los meses de todos los años. Odilia nunca la vio realmente interesada por sus nietos o su hija, sólo comentaba sobre el aspecto de cada uno, si se portaban bien, si vestían correctamente, si sus calificaciones eran buenas, si estaban bien sentados en la mesa, si masticaban sin hacer ruido, si se terminaban la sopa, y si merecían o no tomar postre. A decir verdad, a todos les venía bien que viniera en jueves, les daba la excusa perfecta para que los niños se retiraran temprano a hacer su tarea, bañarse y estar listos para ir a la cama.

—Adiós, abuela —decía Ricardo.

—Adiós, abuela —repetía Daniela.

La abuela se despedía de ellos con otro beso dado al aire.

—Adiós Dani, Ricardín. Espero que la próxima puedan ser un poco más educados conmigo. Parece que no les importa si la paso bien o no. A veces pienso que me quieren hacer mi visita desagradable a propósito. Pero, en fin, las abuelas queremos a nuestros nietos a pesar de todo. Sólo quisiera ser correspondida.

—Okey, abuela —contestaban al unísono y desparecían corriendo dejando a su mamá en la mesa tomando café y escuchando las críticas. Odilia ayudaba a levantar los platos de la mesa y luego se retiraba a su cuarto a dedicarse a la ropa mientras Concha terminaba de atender a las señoras y lavar los trastes.

—¿Ya ves? —le dijeron, esa primera vez Daniela y Ricardo mientras hacían la tarea en la cama de Odilia más tarde—. Te dijimos que es una bruja. Y ahora no estuvo tan regañona, al menos no nos pellizcó. La mamá de mi papá no es así. Es más buena gente, pero vive lejos, la vemos nada más en vacaciones. ¿Cómo es tu abuela?

—Mi abuela es muy buena, la que es mamá de mi papá, porque a la otra no la conocí.

—¿Es ésta? —preguntó Ricardo tomando una fotografía un tanto arrugada y descolorida de una mujer con delantal, pelo cano, de sonrisa alegre y chimuela, igual que la niña a su lado, ambas mostrando que han perdido los dos dientes incisivos.

—Sí —contestó Odilia—, y esta soy yo.

—Se parecen —observó Daniela, mientras Odilia pasaba un dedo nostálgico sobre las dos caras.

En un salón de clases vacío de escuela rural en Veracruz, unos padres se sientan en pupitres frente a la maestra.

—Es evidente que la niña no puede aprender. Debe de tener alguna deficiencia. Miren, éstas son sus tareas.

La maestra extiende dos cuadernos para que los padres de Odilia los analicen. En las páginas se ven dibujados unos gusanitos en forma de espiral, otros como zacate, todos terminando con una sonrisa y antenas. También ven números y palabras bien escritos, sin borrones, la letra clara y precisa.

—Y esto es lo que hace en clase.

Las páginas que ahora miran parecen ser de otro alumno. Los ejercicios incompletos fueron escritos con el lápiz apoyado con tal fuerza que deja una marca hundida en el papel, los trazos que se rehúsan a permanecer dentro de la cuadrícula son burdos y oscuros, además se ven sucios por el uso de un borrador y manitas sudorosas que han pasado varias veces sobre el mismo camino en un esfuerzo desesperado por hacerlo bien y terminar a tiempo.

Los padres no quieren, no pueden encontrar los ojos severos de la maestra, sus miradas están clavadas en las dos muestras de trabajo que se firman con el nombre de su hija menor. No comprenden cómo es posible que Odilia, tan alegre y vivaracha, capaz de memorizar canciones y cuentos fácilmente, de sumar más rápido que sus hermanos, sea, como dice esta maestra, deficiente, ¿estúpida?, ¿retrasada mental? En la vida cotidiana no lo demuestra, pero no se atreven a contradecir a la autoridad educativa.

—Ella y su hermano Francisco nos han querido engañar —continúa la maestra—, él ya recibió su castigo; no los llamé para eso. Es más importante para mí anunciarles que están perdiendo el tiempo con Odilia. No la manden más a la escuela. Es inútil. Ni siquiera considero que sea necesario regañarla, pobrecita, es natural que quiera hacer bien la tarea, sobre todo porque su compañera de banca es muy inteligente. No voy a negar que sí puede leer y sumar, pero ¿cómo va a avanzar si no sabe escribir? ¡Vaya!, tampoco puede iluminar… Casi terminamos el año y miren sus ejercicios. ¿Cómo la voy a pasar a segundo grado? Le pedí a la directora que les recomiende un lugar para niñas como Odilia, es un internado. Por aquí no hay escuelas especiales, así que habrá que mandarla a la capital del estado.

Los padres de Odilia se sienten descorazonados y completamente confundidos, ha pasado casi un año completo, y ni la maestra ni sus hijos les habían comunicado esa desgracia. El papá toma el papel con el nombre y teléfono del DIF.

—¡Nada de mandar a la niña a ningún lado! —dice la abuela Tila—. Esa maestra está loca.

—Yo no puedo tenerla en la casa —se defiende la mamá—, me voy a trabajar y ni modo que la deje sola, si dice la maestra que es deficiente, tampoco puede andar ahí a ver con qué tía se acomoda. ¿Quién la va a enseñar? Todas tenemos nuestro trabajo, y si hubiera alguien, tampoco sabría cómo, si la maestra dice…

—Me la dejas a mí, ¿me oyes?, la niña no tiene nada, yo la voy a enseñar porque me entiendo bien con ella —la abuela no opina, ordena y nadie la contradice.

Odilia, que ha estado presente sin hablar, siente que se le levanta un peso de encima. Ya no le importa ser tonta, como dicen su maestra y su compañera de banca porque nunca más las tendrá que ver. Odilia corre a abrazar a su abuela. Ésta le pone la mano en la cabeza y lanza una mirada de determinación a su hijo y a su nuera.

—Vas a aprender mejor que en esa escuela —le dice a su nieta sin quitar la vista de los otros adultos—; vas a ver.

La madre de Odilia en el fondo agradece el ofrecimiento por parte de su suegra, pero siente un pequeño pellizco en el corazón. Desde niña conoce a la curandera, sus padres le hablaban de ella y más de un familiar o conocido acudió a su casa; algunos con verdaderas enfermedades y dolores del cuerpo, otros con pendientes de los cuales sólo se susurraba para que los niños no escucharan. Cuando nació Odilia, la señora se alegró y celebró como no lo hizo con ninguno de sus otros nietos; más tarde confesó a su hijo que la niña tenía el don.

—No se lo vamos a decir nunca —le advirtió la madre de la niña a su esposo— yo quiero que sea normal, no quiero que aprenda nada de eso que hace tu mamá.

El marido defendió la honorabilidad de su madre.

—¿A ti qué más te da?, es una profesión y de mucho respeto porque no cualquiera puede hacerlo —le arguyó—; además ella mantuvo la familia cuando enviudó con todos nosotros de chamacos. Nos respetaron entonces, y aún nos respetan.

En ese momento no se habló mucho del asunto, acordaron que Odilia iría a la escuela, y trabajaría después, como todas las mujeres de la aldea, en su casa, en la tienda, o afuera, en casa particular.

Pero ahora, ante la premisa de que la escuela no la aceptaría más, la madre no tiene más remedio que asentir. Al fin, la vieja Tila ya sólo se dedica a las yerbas.

Odilia sale de su casa temprano, camina ligera, se despide de sus hermanos que se siguen por la vereda hacia el monte donde está la escuela; ella tiene que caminar menos porque del cruce de caminos, tuerce por un callejón de tierra a la orilla del pueblo, por atrás de una hilera de casas, pasa el arroyo que se desprende del río, cuenta las tres casas antes de llegar al portón azul donde vive la abuela. Entra sin tocar a la puerta, toma agua de la olla de peltre sin pedir permiso y se sienta en la mesa para esperar. La anciana, que está limpiando y separando unos manojos de yerbas, no la saluda, ni la voltea a ver hasta que ha terminado lo que está haciendo. Entonces le muestra:

—Mira, así separas las semillas y las pones en este cuenco —lo hacen juntas en silencio.

—Luego acomodamos las ramas aquí para dejarlas secar —dice, mientras llevan las ramas a una mesa de madera que se encuentra en el asoleadero.

—Aquí se quedan unos dos días si hay sol; si no, más. ¿Ves cómo tienen que quedar? —Odilia asiente observando las plantas secas que le muestra su abuela.

—Ahora vamos adentro. Separé unas plantas verdes para enseñarte cómo se llama cada una y para qué sirven y así luego tú puedes salir al campo a recoger.

Cuando Odilia ve que la abuela saca un cuaderno y un lápiz, se paraliza.

—¡Anda! ¡Toma nota! —insiste—, no sólo vas a secar plantas, eso no es nada. Vas a aprender de todo, nunca le hagas caso a la gente que te dice que eres tonta. Yo no fui a la escuela y ¡mírame!, ¿qué me falta?, tengo mi casa, tengo mi trabajo, ahí están mis gallinas.

Odilia no dice nada, toma el lápiz con la mano izquierda y mira de reojo a la abuela esperando la reprimenda. Pero de la boca de su abuela sale un nombre y una orden: "Escríbelo". Odilia obedece. Después, la abuela le indica que trace una línea y al lado escriba: "dolor de cabesa". La abuela estira el cuello para asomarse a la página y Odilia suelta rápidamente el lápiz. "Cabeza va con zeta", dice la mujer, "así...". Se levanta para pararse a un lado de su nieta, toma el lápiz, borra la "s" y corrige. Luego le enseña a trazar la hoja: la pone debajo del papel y talla una crayola por encima para revelar la imagen.

—¿Ves? Te queda un dibujo de la planta, con su nombre y para qué se usa. Como ésta vamos a hacer todas, ahora, la que sigue...

La abuela no se da cuenta de qué mano usa Odilia para escribir, o tal vez no le importa.

—Escribes un poquito lento, m'ija, pero no importa ya irás practicando.

Odilia regresa a su casa saltando, les platica a sus hermanos, come animada, irá todos los días con la abuela. Es libre, es grande y es importante; pero lo mejor de todo es que no es tonta.

VIII

Los días, las semanas y los meses, convertidos en años, aunque no fueron muchos, hicieron de la casa de los Morales casi un hogar para Odilia, quien pasó a ser, decían ellos, como de la familia. Ella tenía muy presente ese "como" porque en realidad no pertenecía a su mundo. Además, Concha se lo recordaba cada vez que comían aparte en la cocina, cuando esperaban horas hasta que terminara una fiesta para recoger la sala en cuyos muebles no tenían permitido sentarse, y lavar los cubiertos y platos que ellas jamás usarían. Esas reglas no le importaban a Odilia, pues aquella familia fungía como un sustituto de la propia; a la que tenía oportunidad de visitar muy de vez en cuando, igual que sus hermanos quienes poco podían viajar del extranjero al pueblo, pero, cuando lo hacían siempre traían regalos: ropa, tenis y dulces que nunca habían probado y que Odilia guardaba para Daniela y Ricardo para comerlos cuando bajaban a acompañarla en su cuarto. A la señora Mercedes le ofrecía mole, chocolate y café; Concha los preparaba con indiferencia, pero la señora los presumía entre sus amigas cuando iban a jugar a las cartas.

Odilia, de tanto observar, aprendió a cocinar ,y Concha, que cada vez sufría más achaques y pasaba más tiempo encerrada en su recámara, le dejaba hacerlo a su modo, sin presiones. Tampoco reprendía a los niños por pasar las tardes en los cuartos de servicio.

Ricardo fue perdiendo el interés por las historias de Odilia y se concentró en las clases de karate, entrenamientos, partidos de futbol y las tardes en casa de los amigos. Daniela, salvo por la obligada clase de natación, siguió prefiriendo hacer la tarea, oír las conversaciones dramáticas de las telenovelas interrumpidas por los anuncios chillones, al lado del sonido y el vapor de la plancha de Odilia.

—¡Odilia, Odilia! —llegó Daniela brincando y gritando un día—. ¿Qué crees?, ya va a ser mi cumpleaños y ahora sí vamos a tener una fiesta grandísima, ¡va a estar súper padre!, no como mi primera comunión el año pasado que estuvo tan aburrida. ¿Te acuerdas? Hasta mi papá lo dijo. Ahora sí voy a invitar a todos los de mi salón y papá me dio permiso de regalar patitos, ¡patitos vivos!, ¡patitos de verdad!, y va a haber un mago y una piñata o dos, y pastel ¡y todo! Estoy feliz, nunca he tenido una fiesta tan grande.

—¡Órale! ¡Qué lindo! —se limitó a contestar Odilia, pues la niña no paraba de hablar y saltar de un lado al otro, no lograba desahogar su energía hasta que se acercó a ella y le dio un abrazo apretado.

¿Sabías en aquel entonces que ella no era invitada sino sirvienta? Era tu amiga entrañable, tu aliada, tu confidente dentro ese cuarto con paredes azul pálido y tapizadas con fotos descoloridas, pegadas con diúrex o tachuelas, de gente muy ajena a ti, en lugares que jamás visitarías. Recuerdas la cama, más bien era un catre con sarape en vez de edredón de pluma; un tapetito sobre el azulejo, en lugar de alfombra suave. Afuera de la habitación, Odilia era tu nana, recamarera, cocinera, y lavandera. ¿Por qué se emocionó con tu fiesta? No, no fue por el mago, que le debe haber parecido una bobada; ni por la piñata; tampoco por los invitados que no la voltearían a ver a menos de que necesitaran un poco de refresco o se les desatara una agujeta. Ella se alegraba por ti, por tu felicidad. Mientras que a tu mamá la invadían el nerviosismo y la ansiedad, Odilia celebraba contigo cada idea y ese fue el momento en que sentiste que te quería más que tu propia madre a quien ahora, que regresas a la ciudad, debes velar y enterrar. Enterrarla con todo el vacío que sientes por ella, el vacío que quieres desesperadamente llenar con Odilia, una desesperación que se agudiza al saber que encontrarte con ella será imposible.

El teléfono suena y tardas en contestar. ¿Quién llama a una línea convencional y no al celular?

—¿Daniela? ¿Qué te pasa, carajo? ¿Qué haces? ¿Por qué sigues ahí? Eres partícipe, no invitada, ¿sabes? —Ricardo te regaña, no pregunta, igual que la abuela Mena.

—Me estoy arreglando y mientras esté aquí parada hablando contigo, no puedo irme ¿o sí? —cuelgas sin esperar respuesta, te imaginas la cara de tu hermano enrojeciendo por segundo.

Te pones las medias y deslizas el vestido, te pasas el cepillo y aplicas un poco de rímel en las pestañas y brillo en los labios. Con un suspiro te miras sin ganas de hacer nada más. No eres belleza natural y te gusta arreglarte, pero hoy no hay nada que te motive a hacerlo. Suspiras. Metes algunos cosméticos, cartera y celular a tu bolso. Pides el taxi. Las calles familiares son totalmente desconocidas. Las construcciones cambiaron, la papelería ha desaparecido, tú ya no caminas de la mano de Odilia. Ella no está. Tu madre espera un último adiós. Debe estar perfectamente maquillada.

Cuanto más próximo estaba el día de la fiesta, más evitaba Daniela acercarse a su mamá; traía un "humor del cocol", le dijo a Odilia, usando una frase de Concha.

—Una bolsa de dulces, eso es lo que se da en las fiestas —la regañó un día cuando insistía en ir a comprar los patos.

—¿Más dulces? Esos los sacamos de las piñatas. Papá dijo que podían ser patitos, ¡patitos vi-vos! —insistió Daniela separando las sílabas, al borde del llanto.

—¿Y de dónde crees que vamos a sacar los patitos? Tu papá lo dijo porque no sabe; se da un regalito, juguetes, un rompecabezas, algo fácil. Es una fiesta de cumpleaños, no una kermesse.

—¡Papá dijo! —lloró la niña.

—Si quiere, yo puedo conseguirlos, y las piñatas también. En el mercado de la Merced —ofreció Odilia.

—¡Sí, sí, sí! Yo quiero ir, mamá, por favor, ¿puedo ir con Odilia al mercado?

—De ninguna manera. ¿Cómo vas a cargar con niña, piñatas, dulces y además patos? Tu papá jamás lo permitiría.

—Puedo amarrar a Dani con un mecate, de la muñeca.

Mercedes enmudeció, no sabía si la sugerencia le daba horror o le parecía buena idea.

—Así me llevaba mi abuela, para no perderme —trató de tranquilizarla Odilia.

—¡Por favooooor, mamaaaaá, por favoooooor!

—Sólo si el señor está de acuerdo puedes llevarte a la niña a comprar los patos, pero nada más. Ya traeremos las piñatas y los dulces de otro lado. No creas que me quedo tranquila.

No se quedaba tranquila, pero Daniela no la dejaría en paz y era una buena manera de quitársela de encima todo un día; además, Odilia siempre había sido muy formal y respetuosa y siempre mostraba un enorme cariño por la niña, se consolaba a sí misma.

—Si tu papá lo permite, vas a faltar a la escuela. No quiero que vayan en fin de semana cuando hay demasiada gente.

Al papá de Daniela le pareció excelente idea, para que conociera un mercado, el metro, otras calles.

—Los niños de hoy no salen de centros comerciales y lugares protegidos, está bien que vea su ciudad. Que se lleve también a Ricardo —ordenó.

—Yo no quiero ir a un mercado —contestó el niño ante la sonrisa complaciente del padre que aceptó que sólo fuera Daniela.

—El lunes voy a ir con Odilia al mercado a comprar patitos —Daniela sabía que era una provocación a la abuela, y la expresión de horror en su cara no fue sorpresa, aunque sí resultó cómica.

—¡Esto sí que es el colmo, Mercedes! ¿Qué estás pensando?, ¿te has vuelto loca?

—Fue idea de Ricardo, si él considera que está bien que vaya con Odilia es porque le tiene total confianza, ¿qué le voy a hacer?

—¡Decir que no, por supuesto! Además de ausente, tu marido es un irresponsable. Ya veremos, espero que no pierdas a tu hija. Es una atrocidad.

Daniela recibió una mirada dolorosa de su madre y comprendió que la había traicionado.

—No debí haberle dicho a la abuela, ¿verdad? —preguntó más tarde.

—No importa. Ella acaba por enterarse de todo.

Mercedes trató de reconfortar a su hija y estiró la mano para acariciarle la mejilla, Daniela se adelantó para abrazarla, Mercedes no pudo evitar devolver el contacto, pero esquivó la cara de la niña para que no ensuciara su saco color crema.

De camino al mercado, Daniela no paró de hablar de todo lo que planeaba para el gran día. Odilia la llevaba, tal cual prometió, con la mano sujeta a un cordón. Como los globos, le dijo, para que no se escapen.

—Yo no me voy a escapar —le contestó Daniela a modo de reproche—. ¿Por qué piensas que lo haría?

—No, lo digo porque hay mucha gente, no te vayas a perder.

Daniela, a pesar de estar atada a Odilia, le tomó la mano y no la soltó en ningún momento para tranquilizarla, pero más para transmitirle todo su cariño y agradecimiento a través del calor de su mano, que por miedo a perderse. No le paraba la lengua, platicaba de la fiesta, de lo felices que se pondrían los invitados al recibir un patito de verdad, imaginó nombres para bautizar a su propio pato. La conversación, sin embargo, fue amainando a medida que nuevas imágenes le aparecían. Daniela era completamente ajena al transporte público que en nada se parecía al camión de escuela cuyos asientos eran más grandes y miraban hacia enfrente; en la micro, una combi como la que manejaba la mamá de su amiga Ana, estaban dispuestos de espaldas a las ventanas, de manera que los pasajeros se veían cara a cara. Frente a ella, estaba sentado un niño de su edad con uniforme de colegio oficial: pantalón gris, suéter azul marino con un escudo bordado del lado izquierdo, que sujetaba con un brazo una mochila con dibujos de Superman y, el otro, lo tenía entrelazado con el brazo de su mamá. Daniela lo miró fijamente, él la esquivó bajando los ojos. Ella hizo lo mismo y miró sus pies que colgaban igual que los del niño. Comparó los zapatos, los de él eran negros redondos de cinta, ella no se había calzado los zapatos de suela de goma que normalmente usaba para la escuela sino unos tenis que no eran de deporte y usaba normalmente en fin de semana. El niño y su madre bajaron en una esquina y en su lugar subieron dos hombres con overoles beige y manos sucias que platicaban animadamente. Daniela y Odilia bajaron unas cuantas cuadras después frente a una estación de metro. Al entrar, sí apretó la mano de Odilia para no perderse en el mundo de gente de caras morenas, que no usaban trajes elegantes ni zapatos de tacón, de nanas, jardineros, choferes y maestros, una muchedumbre que no se parecía a la congregación de su iglesia, ni del cine, ni del centro comercial. No precisaba en qué consistía la diferencia pero era palpable. Le parecía que todos caminaban rápido, hablaban poco y procuraban no fijar la vista en nadie al apretujarse dentro del vagón que más tarde abordaron. Muchas mujeres llevaban bolsas de mandado, muchos hombres leían el periódico, otros pasajeros viajaban cansados con la mirada perdida y a punto de ser vencidos por el sueño a pesar de ser el medio día. El aire era denso y se dificultaba la respiración.

Salieron del tren y Odilia la guio por más pasillos de la estación La Merced, hasta llegar a la bóveda principal. Ahí Daniela sintió que la cegaba la luz de colores del gran vitral y la invadía el sonido de voces de gente que aparentemente no hablaba, y se unían en unísono por el eco que se producía. Al salir, un mar de lonas coloridas, que se veían desde el puente, invitaba, alegre, a la niña. Daniela sonrió al adentrarse amarrada de la mano de su nana, vio su cara decidida, silenciosa y conocedora y se sintió segura. Absorbió los olores, la infinidad de productos y los pregones de los marchantes: ¿Qué te llevas, chula?; dulces, juguetes, plantas, bolsitas con polvos coloridos; imágenes y figuras de santos; velas rojas, negras, verdes, moradas…; estatuas de una calavera vestida con capas de distintos colores. ¿Por qué hay tantas calacas?, preguntó. No les hagas caso, le respondió Odilia.

Finalmente llegaron a un puesto con animales. Había peceras llenas de ratones, otras tenían una víbora, alacranes, gallinas, pollitos pintados de colores y hasta chivos. En una esquina encontraron una jaula repleta de patos.

—¿Pa' qué quieres los patos? —cuestionó la marchanta.

—Son para la fiesta de la niña.

La vieja lanzó una carcajada.

—¿Es tu cumpleaños? —le preguntó.

Daniela sólo asintió con la cabeza.

—¿No prefieres llevar los pollos coloreados?

La niña negó sin hablar. La señora volvió a reír.

—Ten tu regalo.

De la bolsa del delantal sacó un pequeño objeto redondo que la pequeña tomó con reserva.

—Es un ojo de venado, pa'l mal de ojo —y luego, dirigiéndose a Odilia—: Está bonita la niña.

Daniela metió el ojo de venado en la bolsa del pantalón para no ofender a la señora y se dispuso a escoger los patos. Odilia les daba el visto bueno y los acomodaba en una caja. La mujer también le dio un "pilón" porque era bien portada.

—Ahí, para que regreses —dijo, lanzando una mirada a Odilia.

—Yo no ocupo animales, sólo plantas, ya te dije —Daniela notó un tono de enfado en la voz de su nana.

Una vez en el metro, con los patos revoloteando y piando dentro de la caja, Daniela reanudó la conversación.

—¿Por qué te enojaste con esa señora?

—No, no me enojé —intentó disimular Odilia.

—¿De veras es un ojo de venado seco?

—No, es una semilla, pero así le dicen porque parece un ojo.

—¿Por qué me lo dio?

—Nada más, para que lo tengas.

Daniela no se conformó y entonces llovieron preguntas hiladas, sin espacio para respuestas, esto agradeció Odilia pues tendría que pensar muy bien cómo contestarlas. ¿Qué es el mal de ojo?, ¿por qué había tantas muertes?, ¿para qué tantas velas de colores con palabras escritas?, ¿por qué decían unos que hacían trabajos de amor y de dinero, qué raro, cómo que trabajos de amor?, todos los trabajos son de dinero, ¿si no, para qué se trabaja?, papá siempre dice que tiene que traer el dinero a la casa, ¿por qué había animales muertos?, también vi diablos, ¿a quién le interesa comprar un diablo?, ¿existen las brujas?, yo le digo bruja a mi abuela, y en verdad no creo que lo sea, pero ahí vi a un señor que decía que era brujo, yo no creo en las brujas y no le digas a mi papá, pero tampoco creo en Santa Claus, en el diablo sí porque hasta aparece en la Biblia, me dijo mi maestra que se llama Satanás. ¿Tú crees en las brujas?

Odilia empezó a dudar si había sido buena idea llevar a Daniela, no contaba con que observara y retuviera tanto el entorno. Sólo quería ayudarla a comprar sus patitos. A ella siempre le hablaron como adulto y así fue como se dirigió a Daniela; le contó lo que su abuela le había platicado. Tampoco creía que doña Mena, la abuela de Daniela, fuera bruja, pero podía ser, porque a veces son señoras muy elegantes y guapas, que algunas noches de luna llena se quitan las piernas para volar en sus escobas y robar niños para chuparles la sangre.

¡Ay, no! Te equivocas, le respondiste, esos son los vampiros, no las brujas. Pero no estabas del todo convencida. Odilia, como siempre, hablaba en serio, ella no creía en los vampiros. Te explicó lo que era el mal de ojo y cómo a los niños en otros lados les pintan un círculo negro en la frente para evitarlo. También platicó la historia de la Mulata de Córdoba quien había sido encerrada en un calabozo por bruja. Ella, con un carbón, dibujó un barco en la pared de su celda para escapar dejando al carcelero muerto. Tu curiosidad era enorme, pero más tu miedo. Y Odilia, quien ya tenía todo tu cariño, también ganó tu respeto. Ella no tenía miedo, iba al mercado todos los fines de semana y además de preparar tés para curar la tos, las reumas y algunos dolores igual que Concha, también hablaba con aquellas personas que decían hacer magia; poco a poco fue revelando más de sus secretos: también hacía preparados para el enojo, la tristeza, la concentración y los malos sueños. Te enseñó el cuaderno que de niña había hecho con su abuela, y aprendiste de plantas y más adelante compró otra libreta para apuntar sus nuevos conocimientos, los que fue cultivando en ese mercado, donde te mostró quién era y te ofreció el mejor regalo: la verdad.

Odilia sintió alivio al llegar a la casa pues a Daniela se le acabó la curiosidad.

—¡Estuvo increíble! —le platicó a su hermano—, había de todo: juguetes, comida, dulces, piñatas, animales, pericos. ¡Hasta vi un chango!, ¡de a deveras! Imagínate ¡Un chango! Le voy a preguntar a papá si puedo tener un chango, no el Sambomono… y pavos reales, y mil cosas. Trajimos los patos, ven a verlos.

Por la noche, a Daniela le costó trabajo dormir porque la asaltaban imágenes de calaveras y demonios de todos colores, de lechuzas que por la noche se convertían en brujas, de niños que se volvían en mono u oso y atacaban a quienes se les acercaran. Una y otra vez se despertó gritando. Es la emoción, aseguró su papá, y le permitió dormir en su cuarto, después de tomar los chochos de azúcar que su mamá le dio. Al día siguiente Odilia le preparó un té, para acompañar las perlas homeopáticas y juntas recitaron un rezo para ahuyentar los malos espíritus que llegan en sueños.

Los patos permanecieron en el patio de servicio para que Rocky no los alcanzara y la señora Mercedes no los oyera ni oliera. Odilia los alimentaba con migajas de pan, tortilla, zanahoria y lechuga. Daniela y Ricardo bajaban a verlos todos los días. Concha amenazaba con cocinarlos en chile, pero Daniela reía pues conocía el ácido sentido del humor de la vieja cocinera a quien sorprendió alimentándolos y hablándoles como si fueran bebés.

El tan esperado día llegó. Hasta la abuela, que dijo haber ido para corroborar que la nieta no había desaparecido en el mercado, gozó los trucos del mago y comió pastel. Rompieron las piñatas, organizaron juegos, los mayores platicaron, y los niños se fueron fascinados con los patitos que portaban moños de diferentes colores que el día anterior Odilia y los niños les habían atado al cuello. Daniela por fin convenció a su papá de que el patito que ella escogió para sí, durmiera con ella. Está bien, dijo él, ignorando las protestas de su esposa, pero en una caja, no lo vayas a aplastar en la noche.

Pasados unos meses, estuvieron de acuerdo en que Concha se llevara al pato al rancho de su tío porque no lo podían tener más en el patio de servicio, no era justo para él ni para Rocky, que moría de curiosidad al olerlo. No lo cocines en chile, lloró Daniela al despedirse.

IX

"Eso dicen, muy inquieta, que tal vez es demasiado inteligente para el grupo, tal vez... no, no es conveniente adelantarla, es mejor que se quede con niños de su edad... ya no sé qué hacer... Pues nada, mujer, déjala, son cosas de la edad, sus calificaciones son buenas... Pero vivo en la escuela, a cada rato me llaman las maestras que Dani esto que Dani lo otro... ya déjalo... estoy harta, la maestra dice... Que diga lo que quiera, el próximo año tendrá una nueva y los niños cambian mucho durante el verano. Es que a ti no te toca oír lo que dicen, Ricardín tan aplicado y serio... ¿Serio? Sólo para sus estudios y los deportes... Al menos él no es... raro..."

La puerta cerrada dejó pasar esos fragmentos de conversación que llegaron a tus oídos de niña curiosa que pega la oreja para escuchar lo que dicen los padres en la intimidad. Las frases se instalaron en tu mente y las recuerdas como si las escucharas de nuevo. Aún sientes, como aquel día, un hueco en el pecho, porque cuando una mamá se refiere a su hija como "rara", deja una huella imborrable. ¿Por qué te sigue doliendo? Tu papá siempre hizo notar tu inteligencia, se le llenaba la boca cuando hablaba de ti y te hacía sentir la mejor. Aún después, cuando te enteraste de su secreto, y aprendiste cómo se siente la decepción, el recuerdo de su cariño te sigue levantando la autoestima cuando se deja caer; cuando se hace presente el abandono afectivo de tu mamá.

Muchas veces te preguntaste si de verdad había algo mal contigo.

¿Te cuestionaste si lo que hacías con Odilia tenía algo que ver? Hoy te reconoces diferente, y prefieres no atribuirlo a tu relación con Odilia. Aquella conversación entre tus papás se suscitó porque las maestras y compañeras de la escuela se quejaron de lo que platicabas en los recreos, a media clase, a cada rato: las historias de brujas convertidas en lechuza o volando sin piernas en la noche; que con sal y agua se puede alejar a los que te tratan mal; lo que es el mal de espanto, que es distinto al mal de ojo del que todo el mundo habla. Odilia te contaba esas cosas, pero no las hacía, y su abuela tampoco, ¿o sí? No, ellas sólo preparaban tés, eran buenas, curaban gente, no se convertían en lechuza ni chupaban sangre, ni comían niños. Odilia dormía en su cuarto, se levantaba tempranito y se bañaba para atender a tu familia. Su abuela Tila y ella nunca hicieron pactos malvados, se dedicaban a sanar con hierbas. Es cierto que a menudo Odilia hablaba de espíritus. Son sólo cuentos, ¿verdad?, le preguntaste una vez. No, no son cuentos, te repitió, por eso hay que tenerles respeto. Tú asentiste en silencio, pero a esa edad no entendías que el respeto incluía la discreción.

Repetidas veces tu mamá le rogó a Odilia que no te llenara la cabeza con locuras y hasta le obsequió un libro de Hans Christian Andersen para que te leyera cuentos aptos para niños, no se daba cuenta de que eran igual o más terroríficos que las historias de brujas que Odilia conocía. Pensaba que, como eran producto de la imaginación y nadie cuestionaba su inverosimilitud, eran inofensivos. A ti te llevó a un homeópata para curar las pesadillas y se olvidó del asunto. Sin embargo, tú sentías la necesidad de desahogar esos relatos y depositarlos en tus amigas, compartir el miedo para que fuera menos. Cuando tu mamá te prohibió seguir contando las historias a tus compañeros, corriste con Odilia para que te enseñara, como lo hacía su abuela con ella, a usar plantas y conjuros como remedio; alguna vez oíste decir a tu papá que el miedo se vence con el conocimiento. "Claro", respondió tu nana con naturalidad "si te interesa, sí". Pero primero te hizo prometer aplicarte en la escuela. Estuviste de acuerdo. Odilia coincidió con tu mamá sobre no platicarle más a tus amigas. Sellaste el pacto y pronto descubriste que el silencio se convierte en un aliado que otorga poder.

Entonces ya frecuentabas el mercado con Odilia.

—Todo muy blanco —dijo la señora Macaria— y bien medido, costumbres simples, para empezar, ¿entiendes? —continuó dirigiéndose a Odilia, no a ti, que sentías cómo sudaba tu mano apretada a la de tu nana. Para ti sólo lanzó una mirada sin la sonrisa de cuando te dio el ojo de venado.

Te convertiste en cliente de Macaria y, con el pretexto de conseguir un juguete barato, obtenías el permiso de tus papás para ir al mercado. Comenzaste a usar plantas diversas, recortes de papel, imágenes y velas de colores. Practicabas encerrada en la recámara de Odilia. Cultivaste también el arte de la paciencia. Al cabo de unas semanas de portar unas monedas, un manojo de manzanilla, laurel y albahaca, un cuarzo blanco y unos cuantos granos de maíz dentro un costalito rojo, sobre el cual encendiste una vela dorada antes de cerrarlo; se desencadenaron una serie de acontecimientos afortunados: encontraste un billete de diez pesos cuando tu mamá te castigó sin golosinas, obtuviste de premio una bicicleta en la rifa anual del club deportivo al que nunca acudías y las matemáticas se volvieron más sencillas. Tras un sencillo ritual de agua de San Ignacio y un poco de sal e invocar a los cuatro arcángeles, una maestra que solía gritar y humillar a tus compañeras, renunció. Se rumoraba que fue debido a un grupo de mamás que se quejaron con la directora; pero tú supiste que aquella agua era la responsable. Te quedó claro por qué no debías hablar de ello, ni dibujarlo, ni escribirlo, te hiciste transparente y con el tiempo dejaste de ser tema de conversación. Te convertiste en una más. El asunto de que eras una estudiante latosa pasó al olvido. Tus padres lo atribuyeron a la madurez que se alcanza naturalmente, la vida era como en cualquier otra casa: "normal".

Pero para ti no era normal, el mundo cotidiano de afuera dejó de interesarte porque estaba todo contenido en el cuarto de Odilia.

Años después, la adolescencia te presentó sus particulares retos, atractivos e intereses, se diluyó la necesidad de usar magia; poco a poco fueron desapareciendo las inclinaciones de niña: guardaste la colección de muñecas; cambiaste los perfumes de olor a dulce por otros de "verdad"; las galletas con cajeta y telenovelas por salidas al cine. Los rituales de magia se volvieron remedios para dolencias del cuerpo, los escasos accidentes de otros provocaban sonrisas secretas entre Odilia y tú; pero poco a poco fue necesario ocupar el tiempo que pasabas en ello en resolver problemas de trigonometría y leer a Cervantes Saavedra y a Shakespeare. Odilia seguía en el trasfondo, haciendo lo que hacía, pero siempre escuchándote cuando platicabas alguna anécdota de paso a la cocina.

¿Qué pasó más tarde? Pues que lo que se aprende con el corazón, lo que se sabe con las entrañas, es como un bumerang: lo lanzamos, pero irremediablemente regresa. Un día necesitaste de nuevo aquello que pensabas que pertenecía al pasado, a la inocencia del juego, aquello que sabías que Odilia te podía dar, porque como muchas veces te dijo: no era cuento. Quisiste… no, le exigiste recurrir a eso que no te quiso enseñar, a lo profundo, a lo que ella misma se había prohibido. Al final, precisamente eso que las ataba, fue lo que las alejó. Esa culpa y esa pena las llevas por siempre en el alma.

Y a la fecha tienes una foto de Odilia con el pato.

X

Odilia se había familiarizado con las constantes fiestas y reuniones que se llevaban a cabo en casa de los Morales, a las que las amistades acudían con toda la familia. Los preparativos ocupaban toda la mañana, se trabajaba intensamente durante la visita y luego había que recoger, sin importar a qué hora terminaran. Odilia tenía más responsabilidades porque Concha envejecía y se preparaba para regresar a su pueblo. Hablaba de un ranchito que estaba arreglando, de una sobrina que le ayudaba, de lo bonito que era la sierra; un mes entero guardó botellas de vidrio para romperlas y colocar los pedazos sobre su barda de adobe, no se fueran a robar sus animales; ahorró para comprar unos catres; en otra ocasión pidió permiso de llevarse unos sartenes viejos cuando la señora Mercedes compró un juego nuevo; todo lo que sobraba o se reponía en la casa, iba a parar al ranchito de Concha. Daniela y Ricardo cada vez requerían menos cuidados y eso le permitía a Odilia encargarse de prácticamente todo el quehacer doméstico, incluyendo esos cansados sábados.

Por eso resultó extraño que una mañana especialmente atareada, debido a un festejo, Concha tomara las riendas de la organización. Desde muy temprano tenía la carne para asar marinada, las verduras de la ensalada limpias y cortadas, el arroz cociéndose en la estufa y a Rocky encerrado en el patio. En el jardín, los niños ya recogían las suciedades del perro y regaban las plantas mientras la vieja cocinera se disponía a lavar las mesas y las sillas del jardín, entonces salió la señora Mercedes, quien también se había arreglado temprano.

—¡Concha! ¿Qué haces? Los niños no han desayunado. ¿Cómo vas con la comida? ¿Por qué no ha subido Odilia?

Concha dejó el trapo, se secó las manos en el delantal y, con pasos torpes, pero apresurados y expresión sombría, se acercó a su patrona.

— No se preocupe, señora, lo tengo muy bien organizado. Me levanté bien tempranito y a la Odilia, pobrecita, la dejé en el cuarto. Fíjese que le mataron a su hermano, ¿usted cree? Apenas le avisaron anoche y no ha parado de llorar.

—Pero, ¿qué dices? ¿Cómo que lo mataron? ¿Cuándo?

—Parece que hace unos días. Le disparó la migra allá del otro lado, ya hasta lo enterraron, dicen, o lo dejaron allá, no sé, pero apenas les avisaron porque su otro hermano, Ramiro, es quien tuvo que reconocerlo, y lo deportaron, pero lo dejaron en otro pueblo bien lejos y apenas pudo avisar. Pobrecita.

—Pues, sí, qué pena, pero ya no hay nada que hacer. Dile que lo siento muchísimo, de veras, pero hoy hay mucho trabajo, hasta le va a hacer bien salir del cuarto y ocuparse para distraerse. Voy por las flores y los postres que encargué. Al rato regreso y hablo con ella. Pero que se arregle y suba.

Daniela y Ricardo se habían acercado a escuchar la conversación.

—No importa, mamá, nosotros le ayudamos a Concha, ¿verdad? Ya casi está todo listo —intervino Daniela.

—Recogimos el cuarto de la tele y ya sacamos unos juegos y películas para los niños chiquitos —agregó Ricardo.

—Bien, bien, pero hay que sacudir la sala, y sacar platos y cubiertos. Ustedes también tienen que arreglarse —dijo Mercedes, y dirigiéndose a Concha—. Dile a Odilia que suba, por favor. No me tardo.

El tiempo, silencioso, pasó aletargado y gris a pesar del intenso sol de primavera.

Los cuatro se encontraban en la cocina cuando regresó Mercedes; Ricardo mezclaba la ensalada, Concha ponía crema y queso al arroz, Odilia cortaba ejotes mientras Daniela le acariciaba el pelo.

—Hay que poner las flores en agua, unas en los floreros chicos para afuera y otras en los grandes para la sala. Odilia, ven un momento a mi cuarto.

—Yo termino los ejotes —dijo Daniela, dándole unas palmaditas alentadoras en el hombro.

Después de unos breves minutos, Odilia regresó a la cocina con los ojos rojos e hinchados y no más animada que antes, pero se dispuso a acomodar las flores.

Más tarde, Daniela subió a cambiarse de vestido en su cuarto y oyó a su mamá hablando en la recámara contigua, refiriéndose a Odilia y su familia como "esta gente" que le buscan y se juegan la vida. "No entiendo para qué se van, si saben que es peligroso y luego se sorprenden porque les pasan estas cosas", decía. A Daniela la invadió una rabia que jamás había sentido, y la puerta de su corazón que era para su madre se cerró por completo. ¿No se daba cuenta su mamá de que el hombre que murió tenía nombre?, se llamaba Pancho, y "estas cosas" que "les pasan" fue una sola, triste y definitiva. Daniela ansiaba con desesperación oír la voz de su papá exigiendo que Mercedes respetara el dolor de la nana, pero ella, sin dejar ni un segundo de silencio, concluyó diciendo que ojalá Odilia no echara a perder la reunión con esa cara que traía, porque afectaba a los niños, sobre todo a Daniela.

—No te preocupes —la tranquilizó su esposo—, que ella ayude en la cocina en lo que Concha considere necesario y que se retire cuando quiera, tiene que pasar su duelo, además Elena siempre trae a su muchacha que es de gran ayuda. No te agobies, siempre la pasamos muy bien.

—Hace tanto tiempo que ni lo veía… la verdad…

Tras escuchar esas últimas palabras, y con las mejillas calientes por la indignación, Daniela regresó a la cocina. Pues sí, hace mucho, pensó y ahora nunca más lo volverá a ver, ni escuchará su voz alegre por teléfono. Ella misma extrañaría esa voz pues había conversado con él, era simpático, bromeaba con ella como si la conociera, como si fuera su tío. ¿Cómo podía ser su mamá tan insensible?, se preguntaba la niña, ¿no decía que era como de la familia? ¿Entonces, sus hermanos no lo eran también? Quizá si alguna vez hubiera bajado a ver las fotos que adornaban su cuarto se hubiera detenido a preguntarle, de vez en cuando: cómo han estado tus hermanos, tus padres, tu abuela... Odilia le habría platicado, como a Daniela, que cada vez, después de pasar unos días con la familia y traer dulces gringos, se cruzaban el río helado, y luego esperaban horas agachados en el lodo, antes de emprender la caminata o, más bien, la carrera de días por el desierto; que una vez presenciaron una muerte por picadura de serpiente; que había mujeres y niños que aguantaban más que algunos hombres que a veces rompían en llanto por la desesperación; que al momento en que llegaban a Atlanta, le hablaban a su mamá, que aguardaba con ansia hasta el momento que aparecía corriendo el niño de la farmacia para avisarle que sus hijos estaban en el teléfono. Ahora, Ramiro haría la travesía solo. Odilia no volvería a ser la misma.

XI

El cielo amanece poblado de grandes nubes color acero sobre la casa de vara recubierta y el techo de buen zacate. Las mañanas siempre son animadas. Hoy la madre apresura a sus hijos, de seguro les va a agarrar la lluvia, pero entre más temprano salgan, se mojarán un poco menos. Los hermanos de Odilia se ríen, saben que en cuanto caiga el chubasco, se van a empapar; no hay más ni menos mojados. De cualquier forma, desayunan tortillas, frijoles negros y café de prisa.

—Si quieres, te puedes quedar tú, Odilia, la abuela entenderá.

Pero la niña no falta por nada, lo que más disfruta en la vida es ir con la abuela, ya ha aprendido muchas cosas, y siempre surge algo nuevo.

Los padres la ven salir apresurada, no hablan, pero cada uno sabe lo que está pensando el otro: una se encomienda a la virgen rezando un rosario cada último de mes; el otro piensa cómo podrá agradecer a su madre, aunque ella le repita que no le hace ningún favor porque la niña no es la carga que dicen en la escuela, es muy lista, además le aligera el trabajo y le alegra los días.

Odilia toma un plástico para mitigar un poco la lluvia; a ella, al igual que a sus hermanos, no le importa mojarse, pero el padre insiste y ella jamás le lleva la contra. Las primeras gotas caen grandes, pesadas y cálidas, salpican tierra rojiza y pronto el camino se convierte en un riachuelo. Odilia se cubre la cabeza, las trenzas llegan secas a casa de la abuela, pero tiene lodo casi hasta las rodillas.

—¡Ay, niña! Mira cómo vienes, ni hablar, échate agua con la manguera y quítate las chanclas, ahorita te preparo un té de manzanilla, no te vayas a enfermar.

La nieta obedece, se descalza y cruza por la cocina de puntitas hacia el patio para lavarse los pies. El agua de la manguera es igual de tibia que la lluvia. Luego camina pegada a la orilla para evitar mojarse más hasta llegar a los gallineros. Ahí les arroja semillas a las aves que, esponjadas y apoltronadas todas en una esquina, no comerán hasta que cese la lluvia.

—¡Ándenles, señoritas, a comer, que un poco de agua no les va a hacer daño! ¿Y tú, tampoco quieres tu alimento? —pregunta al gato que también se resguarda de la lluvia en un rincón del patio.

Divertida regresa a la casa y se sienta a tomar el té que la abuela ya le ha preparado. Sobre la mesa hay unas hojas rojas puntiagudas listas para hacer una infusión.

—¿Por qué de manzanilla y no de escancel? —pregunta Odilia a su abuela más para demostrar lo aprendido que por conocer la respuesta.

—Porque no estás enferma todavía. Quiero que tomes el té para que te calientes, y por si tienes algún microbio que te pueda hacer daño.

La abuela se dispone a preparar menjunjes cuando alguien golpea fuertemente la puerta.

—¡Doña Tila, soy yo! —del otro lado, desde de la lluvia, se deja escuchar un lamento.

—Esa Chabela… carajo, ¿por qué insiste?

—¿Qué quiere?

—Nada —responde la abuela con brusquedad mientras se dirige a la puerta. Abre tan solo una rendija sin dejar pasar a la visitante.

—¡Ay, doña Tila, no sea así, hágame el trabajito!

—¡No! Ya te dije, Chabela, que no.

Odilia, desde el interior, mira la espalda de su abuela. Sabe que ella no quiere que escuche la conversación, pero no puede evitarlo, la visita no hace nada por acallar sus gemidos.

—¡Por favor, doña Tila! Me dijeron que usted podía —la mujer llora desconsolada.

—Sí, sí puedo, pero no te lo voy a hacer.

—Una vez, sólo una, se lo prometo. ¿No ve que tengo que saber de mi niño? No puedo de dolor, no puedo vivir así, sabiéndolo tan jovencito allí enterrado. ¡Solito, debajo de la tierra!

—Vete con otro.

—Me dijeron de don Gregorio, pero ese me da miedo. Usted es mi amiga, ¡ándele!

—Te digo que no. Nunca es sólo una vez, vas a regresar por más. Por eso decimos "descanse en paz" y "Dios lo tenga en su gloria", para qué quieres que regrese a tu sufrimiento. Déjalo descansar. Está en el cielo. No hay más. Tú tienes a tu marido y otros hijos, ellos están vivos y necesitan que los atiendas. ¡Ándale, a vivir tu vida! Odilia, tráele a la señora Chabela un atado de hierba de San Juan —le ordena la abuela sin voltear a verla. Odilia corre al cuarto conjunto donde tiene clasificadas las yerbas, sabe exactamente dónde encontrarlo. Lo entrega a la abuela quien lo toma aún sin dirigirle la mirada y se lo extiende a la mujer.

Chabela se envuelve en su rebozo, aprieta las plantas contra su pecho y sale encorvada.

—¿De veras ya lo has hecho? —pregunta Odilia.

—Sí, pero hace muchos años, y nunca más —responde la abuela Tila sin ver a su nieta.

—¿Yo también podría?

La abuela vacila un rato y responde:

—Sí, naciste como yo, pero no te voy a enseñar. No es bueno, Odilia. Luego no se conforman y los siguen buscando. A los muertos hay que dejarlos en paz.

—¿También a los que son buenos?

—Mira, ese niño ya no es niño, es un espíritu y luego trae otros con él y algunos no saben cómo regresar a su mundo, y otros no quieren, así que aquí se quedan y nunca están en paz —y después de una pausa, agrega—: Nunca, ¿me oyes? Nunca lo vas a hacer.

Odilia jamás había escuchado ese tono de voz en su abuela. Sabe lo que la gente dice, que la respetan y que a ella misma la miran distinto desde que trabaja con la anciana.

—Cuando te mueras, yo sí quiero que me visites, porque no quiero que me dejes nunca. Además, no le tengo miedo a los espíritus, ni a los espantos.

La abuela ríe y abraza a Odilia.

—Mejor me entierras donde haya mucha yerbita, para cuando la vayas a recoger tengas un poquito de mí.

XII

Concha decidió irse a fin de mes. En casa de los Morales la quisieron convencer de que se quedara más tiempo. Mercedes le ofreció menos trabajo, menos horas, más sueldo, todo por cortesía, pues sabía que nada cambiaría su decisión. Por años, llevó a su casa bolsas con tortillas y pan duros para alimentar a sus puerquitos, patos, gallinas y guajolotes; atados de toallas y sábanas viejas que la familia desechaba y, hasta que un buen día, sin gran preámbulo y con mucho orgullo, anunció que su rancho estaba listo. Aunque todos conocían desde hacía años el deseo de Concha de retirarse, no sospecharon con cuánto ahínco se estaba preparando, y no calcularon que realmente llegaría el momento.

El día de la despedida, Daniela y Ricardo fueron con Odilia a la papelería, compraron globos, cartulinas, plumones y papel crepé para hacer cadenas y letreros con palabras cariñosas. Le escribieron cartas y le regalaron una foto de la familia en un marco de madera pintado por ellos con la leyenda "No nos olvides". También prepararon sándwiches y un pastel de chocolate con betún blanco donde escribieron: "Mucha suerte". Llevaron la pequeña grabadora y casetes de música para bailar, cantaron, hicieron algunas imitaciones de Concha en la cocina, leyeron poemas para ella y hasta consiguieron sacarle unas lágrimas a la "gruñona" cocinera.

—Odilia no nos dejó comprar confeti ni serpentinas —se quejaron.

—Pues no, ¿luego quién recoge el tiradero? —argumentó Odilia

Antes de irse, con voz cortada, Concha dijo:

—Ya tengo mi cocina, mis catres, mis cortinas y mis animales. Ya le tengo hasta un cuarto listo, señora, pa' cuando quieran venir por mi ranchito. Prometió escribir y visitarlos pronto, pero la abrazaron fuerte y por largo rato porque sabían que sería la última vez que lo harían.

Al verla alejarse por la banqueta caminando despacio y con dificultad, cargada con bultos, recuerdos y alegrías; enojos, desalientos y también esperanzas; con secretos y algunas fotos de su casi familia; ya sin uniforme ni delantal, supiste que nadie de quienes entonces levantaron los brazos para despedirla, harían la visita prometida. Ya, para ti, era evidente el abismo existente entre los miembros y los casi miembros de tu familia. Concha lo tuvo siempre claro, por eso cuando fuiste con Odilia a transformar su habitación en cuarto de plancha, el espacio te resultó completamente ajeno. Siempre te prohibió la entrada; nunca supiste qué colgaba en las paredes azul cielo, aquel día sólo se adivinaban los pequeños orificios dejados por las tachuelas o clavitos que sostuvieron imágenes que hasta ahora sólo puedes imaginar. Más de diez años vivió Concha en esa pieza, dentro de tu casa, y nunca supiste nada de ella, nadie la conocía realmente, le tenían indiscutible y enorme respeto, pero muy poco apego. Tan era así, que algunos años después, cuando recibieron noticias por medio de una sobrina de Concha, de que había fallecido, sentiste algo de nostalgia por lo poco que gozó el rancho que tanto tiempo tardó en construir, pero nada más.

"Qué raro es entrar aquí", le dijiste a Odilia mientras empujaban el catre para pegarlo a la pared. Ella lo usaría a manera de repisa para la ropa doblada. Sacó la televisión de su cuarto para colocarla en la mesita de noche frente al burro de planchar sin ajustar el ángulo hacia algún punto donde tú pudieras verla, porque ya no veías las telenovelas con ella. De pequeña, antes de ver la televisión leías con Odilia los problemas de sumas y restas, las composiciones de "mi abuelito" o "mis vacaciones"; pero ya en tus años de preadolescente, hacías la tarea en el estudio donde tenías a tu alcance enciclopedia y libros de referencia, así como cartulinas, hojas de papel, plumones, plumas y lápices de todo tipo que tu papá había dispuesto para ti y para Ricardo. También preferiste la ayuda de tu papá, con quien discutías problemas cada vez más complejos, pasajes históricos y reglas gramaticales. Ya no había pasatiempos que compartir con una nana que no necesitaba cuidarte, ya no eras su maestra, ni su estilista, el ímpetu por los juegos, igual que la novedad de aprender embrujos y encantos, poco a poco fueron desapareciendo sin darte cuenta. Nunca se te ocurrió que te acompañara de compras, o al cine cuando tus amigas no podían ir contigo y pocas veces le preguntabas cómo había sido su fin de semana, y qué hacía con ese novio, Lorenzo, con quien, según ella, no se iba a casar. Como Concha, intuiste esa frontera entre el espacio dentro de tu casa y el que existía afuera. Cruzaste puentes imaginarios que se desmoronaron cuando llegaste a la madurez y la razón sustituyó a los sentimientos puros.

Odilia se sentía tranquila y contenta de tomar por completo las riendas de la casa, los niños eran independientes y Mercedes no vio la necesidad de reemplazar a Concha. Ya no era la niña de pueblo que no había ido a la escuela porque la calificaron como deficiencia mental. No era la nieta de esa abuela que la recibió en su casa, le permitió escribir con la mano izquierda y le enseñó acerca de la gente y de cómo sanarla. Tampoco era la tímida criatura cuya voz era un suspiro, la que no frotaba los trastes con fuerza y bajaba la mirada cuando le hablaban. Era una joven responsable de una casa y una familia; a ella le confiaban todas las llaves y sus pertenencias; ponían en sus manos tareas tan primordiales como la preparación de los alimentos; tenía un estatus que se había ganado sola.

Odilia, ayúdame a encontrar las llaves de mi coche, ¿dónde pusiste mi suéter blanco?, ¿dónde está mi balón de futbol? El señor viene tarde otra vez, prepárate unas quesadillas con salsa verde... No llegó Pepe, dale una lavadita a mi coche. No seas malita, plánchame la camisa de rayas azules. ¿Qué se te ocurre que preparemos para la cena?¡Ay, Odilia! ven a ver qué hizo el Rocky, sácalo, por favor, y limpia la alfombra. Vienen veintidós para comer... Odi, ¿qué me podrás preparar para el dolor de garganta... para dormir... para adelgazar? Todo resolvía callada, pero no sumisa, al instante y, orgullosamente, mejor que nadie en la familia.

A veces Mercedes se sentaba en el comedor, lo suficientemente cerca de la cocina para tomar té y tener algo parecido a una conversación, Odilia escuchaba y respondía con sílabas de conformidad. Sin tener que verse las caras; pero con cercanía suficiente para que un suspiro explicara lo que las palabras no conseguían decir. Intercambiaban frases cortas, cuidadas; Odilia podía casi palpar la soledad de la mujer y hubiera querido consolarla, pero se limitaba a asentir discretamente, a ofrecer la poca compañía que la señora de la casa se permitía tener. El uniforme de rayas que usaba de lunes a viernes le recordaba que era ajena a los ires y venires de la familia que tanto dependía de ella. Sabía de la suerte que habían sufrido otras sirvientas que pensaron que podían cruzar la línea invisible pero existente. Estaba consciente de que la seguridad y el trabajo eran efímeros, se podían esfumar de un día para otro; la casa y el cuarto que habitaba no eran de ella y Daniela no estaría ahí para siempre. No podía quedarse sin una vida propia. Su abuela, que no se opuso, pero no estaba contenta con que se fuera del pueblo para enviar dinero a la familia, le había aconsejado no olvidarse de quién era ni de dónde venía, por ello le había transmitido una habilidad y un don que Macaria, la yerbera del mercado, reconoció y podía ayudarle a ejercer.

XIII

—Odilia, teléfono. Es larga distancia.

Por el tono de voz del otro lado del auricular, Daniela supo que no eran buenas noticias y Odilia lo adivinó en la cara de la niña en el instante en el que le acercó el teléfono inalámbrico. No la hizo abandonar el vestíbulo donde estaba el teléfono. La conversación fue breve y monosilábica. A Daniela se le anudó la garganta al ver la expresión de su nana. Odilia colgó, respiró profundo, se desamarró el delantal, caminó a la cocina y lo puso con cuidado en el respaldo de una silla.

—Mi abuela —le dijo a Daniela.

—¿Te acompaño a decirle a mamá?

—Gracias. No es necesario.

Daniela la siguió por las escaleras y por el pasillo con la mirada fija en la cola de caballo que se movía con el vaivén de sus pasos decididos y ligeros, las zapatillas planas parecían flotar unos milímetros por encima de la alfombra que conducía al cuarto de Mercedes. A Daniela le pareció que, si Odilia dejaba de mover las piernas, igual se desplazaría levitando al ras del suelo, como una pesadilla; no, como en una película de terror; no, más bien como algo mágico. Era fascinante. La nana tocó la puerta y, al recibir autorización, entró con la cabeza en alto y los ojos secos. Daniela se quedó en el quicio mordiéndose la uña del meñique.

A diferencia de cuando murió Pancho, el hermano, ahora Mercedes no dudó en concederle a Odilia el permiso para ir a enterrar a su abuela.

La familia había dispuesto todo. Se ausentaría siete días. Daniela miró incrédula la escena, la actitud de su nana no era de quien solicita un permiso sino de quien anuncia un hecho.

El recuerdo de Odilia, digna y segura, te acompañó al recibir la noticia de la muerte de tu madre. ¿Lloraste? Sí, un poco, pero no por la pérdida de un ser amado sino por el hecho de saberte huérfana, de finalizar una etapa, de recordar que no hiciste un esfuerzo por visitarla en los últimos años. Fueron unas lágrimas íntimas y escasas. No se asomaron al anunciarle a tus jefes que te ausentarías unos días, ellos se mostraron más conmovidos que tú; tu madre había muerto y para cualquier otro, aquel era un momento desgarrador. Escogiste de entre varias opciones colgadas en tu clóset el atuendo más apropiado, no por el duelo, sino por adaptarte a lo correcto.

Tras salir Odilia de la recámara de tu mamá, la seguiste a su cuarto en silencio y observaste cómo acomodaba su ropa en una pequeña mochila. Aún puedes ver sus manos doblando con sumo cuidado unos pantalones de mezclilla, unas cuantas blusas delgadas y algo de ropa interior. Puedes también describir cada artículo con exactitud; llevaba menos de los objetos que tú empacarías y nada se parecía a lo que ahora traes puesto para el funeral de tu mamá. Odilia no tenía ropa de luto; la gente en el pueblo no la clasifica, no tiene un guardarropa dispuesto para determinadas ocasiones. Después de haber salido de tu país para estudiar Antropología y Sociología, para entender la idiosincrasia y cultura aún de algunas zonas de tu país, puedes quizá reconstruir lo que debió haber sido aquel evento: en un minúsculo pueblo, del que no se habla en los noticieros ni las guías turísticas, despediría a una persona prominente, respetada por todos sus habitantes porque ocupó un espacio notable y valioso en el seno de cada familia por su empatía, por sus remedios siempre atinados, porque sabía y, en ocasiones, modificaba el acontecer de cada casa. Se celebraría con solemnidad, quizá por varios días, con diversas ceremonias. Para Odilia, era importante por eso, pero más porque se despedía de la persona a quien más amó en su vida.

La primera impresión que tiene Odilia al llegar al pueblo donde creció es que ha cambiado poco, pero le parece que se ha encogido. La calle que la lleva a casa de su abuela aún se transforma en la vereda que conduce a la escuela incapaz de enseñar a los niños zurdos; sólo que, hoy, le parece más angosta. La estructura gris seguramente sigue ahí, más pequeña de lo que la que recuerda. No irá a visitarla, no significa nada para ella. Los tabiques de la casa de la abuela aún grises y el portón azul añil de sus recuerdos, igual de profundo que el del cielo cuando no hay nubes, son los mismos. La estancia, al igual que el patio, también le parecen más pequeños. Las gallinas han desaparecido; si las usaron para los guisos, para algún ritual, o simplemente habitan en los gallineros vecinos, no lo sabe ni le importa. Dentro, el orden es el de siempre. Busca los cuadernos y los contenedores con etiqueta: pequeñas cajas, frascos y bolsas de plástico y los mete en su mochila. Lo demás: los atados de plantas, el catre con el sarape y los trastes de peltre, lo deja intacto para que otros dispongan de ellos. De la pared desprende una foto de sí misma cargando al gato que ya no existe.

La casa de sus papás está llena de gente; en el terreno contiguo, ollas y cazuelas de barro enormes humean con todo tipo de guisos y en las mesas están dispuestos varios kilos de tortillas para comerlos. El cuerpo aún yace sobre una mesa improvisada con un tablón que descansa en dos caballetes, está rodeado de coronas y arreglos de flores frescas y velas. El aire es pesado, pero fragante. Odilia besa la frente inerte, fría y de cartón de su abuela. Le acaricia el pelo. Ve el ataúd de pino sin barnizar, ni pulir, en un rincón del cuarto. Ella tiene una única misión: la de realizar al pie de la letra los deseos de su abuela.

—Sin caja —le dice a su mamá—, ella no quería caja, sólo un agujero en el lodo.

—Es sólo para llevarla, si nomás nos la prestaron —le contesta—, don Aurelio nos cedió un pedazo de su terreno para el sepulcro, dice que será de buen agüero tenerla en la propiedad.

Tampoco va a ser necesario ocultar el sepelio a las autoridades, pues si a los hechiceros se les teme vivos, más pavor se les tiene a sus espíritus en libertad. "Así que todo el pueblo está dispuesto a obedecer las instrucciones de la abuela", piensa Odilia.

Llega una banda del pueblo aledaño y se inicia la procesión. Al frente van las coronas de flores, luego el ataúd cargado por algunos de los nietos, yernos e hijos. Al llegar al lugar de la sepultura, la larga hilera de gente se amontona en torno al agujero ya cavado en la hierba verde. Alrededor hay árboles que protegen del sol y refrescan a pesar de guardar la humedad. Colocan el cuerpo envuelto en una sábana. No se ve, pero se oye el río que corre hacia el mar. Odilia está complacida. "Qué bueno que estás cerca del agua", piensa, "viaja fácil, abuela". La ceremonia es breve. Algunas viejas sollozan y rezan en voz alta. Los niños callan. La hija de la difunta llora en silencio y sus dedos pasan las cuentas de un rosario; el hijo, el papá de Odilia, cabeza de la familia, permanece en silencio solemne. Los demás observan al sacerdote que dice algunas palabras, echa un puño de tierra y se hace a un lado mientras los hombres más jóvenes, que han traído palas, terminan de enterrar el cuerpo. Dejan la tierra al ras del suelo. Sólo una cruz de madera blanca indicará el lugar donde queda la tumba. Odilia reconoce a un grupo de ancianos apartados del grupo que rezan con palabras distintas y luego se alejan por otro camino, mientras el resto emprende el regreso a casa de los deudos para comer. La familia se queda sólo unos momentos a arreglar las coronas y las flores que permanecerán hasta que la naturaleza las reclame de nuevo.

—'Tons qué, hermanita —dice Ramiro y le pone el brazo en el hombro mientras caminan.

—Nada, pues.

—¿Te vienes conmigo?

—No. Y tú también ya debieras quedarte, después de lo que le pasó a Pancho.

—Uy, si supieras, esas historias oímos y vemos a diario, pero a mí no me van a agarrar, somos más los que pasamos que los que no, además ahora me cuida Pancho.

—Yo estoy bien. Me voy a regresar a trabajar y la vida sigue. Me gusta allá.

—Ya tiene novio —interviene el padre de ambos que camina delante de ellos—, Odilia ya no se regresa.

—Está bien así —dice la mamá con tono amargo—. ¿Pa' qué se viene aquí que es un pueblo de muertos?

Odilia no repara en las palabras amargas de sus padres. No pregunta qué será de la casa de su abuela, ella la ha cerrado para siempre; lo que haga su papá con la casa, venderla, rentarla… le da igual. Ella regresará al pueblo a visitar a sus padres; si tiene suerte, coincidirá con su hermano, Ramiro; pero de seguro, no será igual. En el autobús de regreso a la ciudad, apretando contra su pecho el bulto que contiene los últimos haberes de su abuela, Odilia deja escapar las primeras lágrimas por doña Tila. La invaden imágenes de su niñez con ella y el amor que le tiene, porque a la gente que muere no se le deja de querer, el amor se manifiesta en un nudo que se atora entre la garganta y el pecho.

El alivio de Mercedes era palpable, no podía borrar la sonrisa de orgullo con que recibió a Odilia pues, contrario a lo que aseguraban sus amigas, regresó el día exacto en que dijo que lo haría.

La felicidad se contagió a toda la familia. La ausencia de Odilia había extendido el tiempo inmensurablemente.

La abuela llegó a la casa tan pronto se enteró de que Mercedes no tenía ayuda y había ido a comprar un pollo a la rosticería sin siquiera revisar si había algo en el refrigerador que se pudiera calentar. Los libros de cocina acomodados en una repisa contenían recetas para que Mercedes las mostrara a su cocinera en turno, no para preparar la comida diaria para su familia. Así que apareció la figura matriarcal, grande y elegante, seguida de una muchacha cargada de tuppers con arroz, guisados, frijoles, verduras suficientes para un ejército. Eso sí, habría que calentar, sacar trastes, guardarlos... y además sería necesario lavar ropa, tender las camas y sacudir. Daniela y Ricardo estaban muy ocupados para ayudar.

—Te presto a Juana unos días, pero tienes que buscar a alguien más, aunque sea de entrada por salida, no importa si Odilia regresa o no, si le tienes plena confianza o no. Nunca sabes qué puede pasar, supón que un día se va y no regresa, luego así son, desaparecen sin aviso. Necesitas dos —luego, dirigiéndose a Juana—: te quedas con la señora Mercedes, hasta que ella consiga a alguien más.

Mercedes aceptó el "préstamo" pero no buscó más ayuda. Ricardo, su marido, estaba tranquilo.

—Nadie se muere por hacer la limpieza y tampoco por vivir con un poco de polvo —le había dicho—; además, es tiempo de que los niños se ocupen de sus propias cosas, y entre tú y yo nos las podemos arreglar por una semana. No se cae el mundo.

Ella aceptó las palabras de su esposo sin atreverse a admitir ante su madre o sus amigas que su marido no iba a pagar por una sirvienta de "repuesto".

Juana resultó ser una niña muy bien educada y callada que limpió la casa, recogió la mesa, lavó la ropa, y se las ingenió para poner las cosas en su sitio. No pidió nada y se apenó cuando Ricardo le agradeció con una generosa propina por su trabajo, pues la señora Mena no le había dejado de pagar. Tras una protesta breve, ruborizada, tomó el dinero y sin contarlo lo hizo rollo para meterlo en la bolsa de su delantal.

¿Les hizo falta Odilia? No te acuerdas, todo marchó con toda normalidad, no se sintió su ausencia en el orden de la casa. No es difícil mantener limpia y ordenada la casa, ni comida en la mesa en un país donde siempre habrá alguien dispuesto a trabajar por cualquier sueldo. Sin ella, te avocaste a tus asuntos, no la extrañaste quizá porque nunca dudaste que iba a regresar. Luego sí la extrañaste, y mucho, pero eso fue después, cuando se marchó definitivamente y te dejo añorando una respuesta, un esclarecimiento, una última conversación redentora, un abrazo cálido que pudo haber calmado la tormenta que sigue latente en tu corazón y aún callas.

XIV

Odilia, clienta asidua y amiga de Macaria, regresó a verla a su puesto en el mercado de Sonora, pero esta vez no fue para comprar yerbas, ni ayudarla a barrer, llegó con la mirada decidida y un porte más seguro, hasta podría decirse que altiva. Mostraba la seguridad de que era tiempo de probar otras cosas, porque tenía un talento; porque las miradas anónimas de quienes visitaron el funeral de la abuela se lo recordaron.

—Qué te traes, Odilia, ¿ya estás lista, verdad?

—Siempre.

—Sí, desde que te conocí lo noté, pero decías que no y que no y que pura yerba. Pos así, mejor te dejé en paz. ¿Por qué no habías venido?

—Se lo prometí a mi abuela, pero ella ya murió.

—No vaya a venir enojada, nos haga la maldad.

—No, la enterré en la tierra, cerca del río, como me lo pidió, va a estar tranquila.

—'Tá bueno, vamos pues… Lo primero, es que necesitas al Amigo.

—¿El diablo?

—¿Por qué te espantas?, ¿no que eres de Veracruz?

—Pues sí, pero…

—Ese es el que te va a ayudar cuando hagas tus costumbres. Puedes empezar con limpias, es lo mismo que barrer, pero adentro de las personas. No vamos a hacer daño… a menos que luego quieras, paga bien, pues, y si jala, tienes clientes buenos: de los del gobierno —dice la última frase en voz baja como temiendo que alguien la escuche—, pero como negocio, mejor los amarres, nunca falta la babosa que quiere ligarse a otro tarado o bajarle el novio a la prima; y el dinero, siempre quieren dinero. El próximo viernes haremos una limpia en un lienzo donde habrá una fiesta ¿quieres venir?

—Sí, una vez fui a barrer la plaza con mi abuela. Eso no es problema, lo sé hacer.

—Está bien, pues ahí nos vemos. Vamos a hacer otras cosas también.

Macaria asustó a Daniela cuando le regaló el ojo de venado y el patito la intimidaron su piel arrugada y reseca, sus ojos penetrantes y una sonrisa de las que se dibujan en las brujas malvadas de los cuentos. Sin embargo, Odilia se identificó con ella en cuanto entró a su puesto: aún pegada al brazo de Concha, de inmediato se sintió en confianza y a su vez, la vendedora identificó las aptitudes desde que la vio; se reconocieron las almas. Macaria no le dijo nada a la cocinera, con quien ya tenía una larga y superficial amistad, porque no sabía cómo era la relación entre ellas. A Odilia la leyó a la primera y confirmó su intuición al enterarse de que había nacido el primero de marzo, por eso la tomó bajo su protección y tutela, siempre empujándola a realizar más trabajos, a acercarse un poco más a la magia "no tan blanca", como le dijo un día. Eran más que cliente y marchanta.

—Con razón tu abuela estaba tan contenta contigo —le dijo anticipando que serían buenas amigas y, pronto, socias en el negocio.

No todas las personas cercanas a Odilia tomaron a bien su gusto por los trabajos que empezó a hacer. Lorenzo, su novio, se sorprendió cuando le participó la noticia.

—No me habías dicho que hacías eso —dijo Lorenzo claramente consternado.

—Es un trabajo, como cualquiera.

—No, un trabajo como cualquiera es el que tienes en la casa, te gusta, te pagan y te tratan bien ¿qué más quieres?

—Pues si me corren, tengo que hacer algo.

—¿Por qué te van a correr?

—Pues, no sé, por algo…

—¡Por bruja, por eso te van a correr!

—¿Ya ves cómo eres? No me digas así.

—¿Cómo entonces?, ¿no es lo que eres? ¿Cómo voy a saber que no me echaste un hechizo?

—¿Qué, pues?, ¿no te gusto? ¿No la pasas bien conmigo?

—Ya sabes que sí, pero ahora ya no sé por qué, igual me embrujaste.

—Ay, sí, ¿qué no tienes cerebro para pensar?, ¿no que tan listo?

—Órale, pues, no me digas así.

—Ándale, ahí está. No se me asuste, mi flaco, es sólo para ganar más, porque es lo que sé hacer, desde que era niña mi abuela me enseñó las yerbas. Tú tienes tu negocio y no te digo nada.

—No es lo mismo.

—De alguna manera sí: tú arreglas coches, yo arreglo gente. No hago nada malo.

—Eso que ni qué, si nos casamos no quiero calacas, ni gallos sin cabeza, ni animales muertos ahí disecados en mi casa... ¿oíste?

—¿Y quién dice que me voy a casar contigo?

—Ya verás que sí. Siete chamaquitos vamos a tener, ya verás.

De lunes a viernes, Odilia se mantuvo lejos del mercado y los trabajos que de ahí se fueron desprendiendo. Siguió con su rutina en la casa de los Morales, disfrutando de la compañía de Daniela que la seguía buscando cuando tenía algunas inquietudes.

—Si te digo algo, ¿me juras no decirle a nadie? —preguntó Daniela un día.

Odilia, segura de que Daniela le iba a decir, aunque no jurara, se limitó a asentir con la cabeza y un breve ajá mientras se secaba las manos en el delantal para poder prestar atención, porque siempre tomaba en serio los asuntos de Daniela. Era su niña, y su compañera, no hacía distinción de edades, su abuela le había enseñado eso, a tratar a todos como iguales.

—Hay un niño que me gusta. Quiero que me haga caso, pero ya no sé ni qué hacer. ¿Cómo le hiciste tú para hacerte novia de Lorenzo?

Daniela recordó las fotos del joven de playera blanca, tez morena, pelo muy negro, como el de Odilia, muy distinto al niño que ahora tenía en la cabeza. La primera vez que vio la foto de Lorenzo no le pareció guapo, pero jamás lo dijo. Cuando Odilia le confesó que sí era su novio, ella la abrazó, y le dijo que era muy bien parecido, esa fue la única mentira que le dijo a Odilia en toda su vida, una mentira blanca, como solía decir su mamá mientras Daniela la miraba de reojo, cuando claramente no hablaba con verdad.

—Yo te puedo ayudar, pero quiero que sepas que con Lorenzo no hice nada para atraerlo, me lo presentó mi prima, nos hicimos amigos, nos gustamos, salimos y ya.

—Diego es amigo del hermano de mi mejor amiga, y no se da cuenta de que me gusta, como que me ignora y sólo quiero que se fije en mí. Yo sé que le voy a caer bien cuando me conozca mejor, pero el hermano de mi amiga me ve como la amiga de su hermanita, no me hacen caso… si luego de una salida no quiere verme, ya no hago nada, te lo prometo.

—Bueno, ven.

Odilia aprendió, por los años a lado de su abuela, que cuando alguien descubre su poder sobre otra persona, siempre quiere más. Aun así, y contra su buen juicio, llevó a Daniela a su recámara, a la que no había entrado hacía tiempo; pudo más su orgullo al saber que su niña aún tenía interés por lo que hacía y por seguir aprendiendo, que su prudencia.

Pensaste que te daría algunas hojas para hacer un té, un aceite para que en un saludo dejaras discretamente tu esencia, un San Antonio de cabeza, una vela, un listón… algo parecido a los remedios que te enseñó cuando eras niña. No esperabas ver a la Santa Muerte y aún recuerdas el hueco que sentiste en la boca del estómago: esa sensación de miedo aunada a la emoción por entrar a lo desconocido. Como el momento en el que el tren de la montaña rusa se suspende un momento antes de desplomarse vertiginosamente por la pendiente. Un morbo por lo que sabes que será horrible, pero no puedes dejar de ver. Hoy te sorprendes de la confianza que le tuviste siempre. Hoy quisieras culpar a su abandono por tu incapacidad de poder confiar en alguien así.

Odilia tomó un paño rojo y se lo puso a una estatuilla de pasta a modo de túnica. Buscó entre sus cajas y sacó una vela rosa que no se había usado nunca. La puso frente a la estatua.

—Es una velita de pastel porque no tengo otra, pero no importa. Cierra los ojos y piensa en ese muchacho. Imagínate qué harás con él. Qué cara pondrá al verte, cómo te va a saludar, cómo se siente que te tome de la mano. De qué vas a platicar con él. Imagínate que ya es tu novio. No dejes de pensar… —dijo la nana en tanto Daniela sentía en la oscuridad de sus párpados los movimientos de Odilia y resistía las ganas de abrir los ojos tan sólo un poco para espiar qué ocurría con esa vela y la calavera vestida de rojo. Oyó un cerillo contra la lija, olió cómo se quemaba la cabeza del fósforo y el aroma neutro de la vela. Mientras Odilia escribía algo sobre una hoja de papel, Daniela se dejó llevar por la imaginación hasta que se rompió el silencio.

—Mira, la flama se ladea a la derecha, eso es buena señal. Lee esto ahorita y luego cada martes, lo puedes hacer en silencio si quieres.

—Mejor contigo.

—Como no tienes una foto, escribí su nombre en la vela y aquí —cuando Daniela miró el papel, encontró un dibujo burdo de una cara con los ojos y la boca en forma de X y el nombre de su presa para indicar que era su retrato. En el papel se leía: "No tendrás más ojos que para mí, y tu boca no besará más boca que la mía…"

—¡Yo no quiero que me bese en la boca!

—No importa, tú dilo así.

"… no tendrás descanso porque el espíritu de mi Santa Muerte te mortificará a cada instante, te inquietará hasta que cumplas conmigo…"

Mientras te debatías entre el deber ser y lo que era, se consumió la vela.

Estaba hecho. Y cada martes dijiste la oración en secreto en el resguardo de tu cama y tus cobijas, pero algo pesaba en tu pecho… ¿miedo?, ¿emoción?, ¿poder? Todo eso. Te adentrabas en un universo oculto paralelo al del resto de la gente, te distinguías de los demás. Y cuando al fin el muchacho te invitó a una fiesta, fuiste a ofrecerle flores a la efigie que ya era tu amiga, que te había hecho el favor y que, más tarde, cuando te cansaste de los muñecos de peluche, las eternas conversaciones por teléfono y de siempre ir al cine con el mismo acompañante, le pediste que te lo quitara de encima. Dejaron de intimidarte aquellos altares y aquellas historias, y las calaveras tomaron otro significado. ¿Eras amiga de la Santa Muerte, como a veces pregonan quienes profesan ser más fieles a ella que al mismo Jesucristo? No, pero tampoco era un juego. Era cosa seria porque para Odilia los amarres amorosos eran trabajo. Aunque eran los encantamientos más populares y que más le redituaron económicamente, sabías que había otras prácticas que su abuela hacía en otros pueblos, de las que platicaba vagamente y nunca le enseñó.

XV

Durante los años de secundaria y preparatoria de Daniela, se puso de moda, en las escuelas privadas, consultar a "brujas" que leyeran las cartas, predijeran el futuro o adivinaran la fortuna. También jugar a la Ouija. Todo a escondidas de sus padres, por supuesto. Daniela, a pesar de que podía platicar con Odilia acerca de este "juego" que invocaba a los espíritus, acudió con Ricardo. Para Daniela la magia no era novedad y le parecía divertido que sus amigas usaran el dinero que sus papás les daban para comprar comida o ir al cine en ese tipo de actividades que ella practicaba regularmente sin necesidad de barajas ni bolas de cristal. Reconocía a muchas de esas mujeres a las que acudían sus compañeras como farsantes, Odilia le había hablado de ellas, "a veces hay que fingir para cobrar", le dijo un día, "porque normalmente no es posible conocer la suerte ni el futuro" y por eso Daniela nunca la traicionó y mantuvo sus encantaciones en secreto.

Una cosa era conseguir buenas calificaciones, encontrar dinero o atraer chicos guapos, y otra muy distinta era intentar invocar o comunicarse con los espíritus y los muertos. Algunas de esas llamadas brujas, que decían ver a algún familiar descarnado tras su cliente, cuidando como ángeles guardianes. Odilia jamás le habló de eso; las leyendas de brujas o gente que se convertía en animal y sambomonos habían quedado un tanto relegadas; ahora las consideraba cuentos infantiles en los cuales ya no pensaba. Por ello, cuando en casa de su amiga sacaron el tablero de

Ouija y conversaron con la abuela muerta de una de ellas, revivieron en Daniela sentimientos que se asemejaban a los terrores infantiles, sensaciones que ella no se permitió reconocer como miedo y disfrazó de incertidumbre. Para sacudir ese temor, fue con su hermano, pensando que seguramente él ya había jugado a la Ouija muchas veces y, como todo, lo habría tomado a la ligera.

—Es un truco —aseguró Ricardo.

—Pero le preguntaron cosas personales. ¿Cómo iban a saber detalles de la abuelita de Tere?

Ricardo le explicó cómo era que los que sostenían el indicador lo movían para dar las respuestas, que era fácil hacerlo, luego se le ocurrió conseguir un tablero para asustar a los vecinos más pequeños, quienes tenían permiso de sus mamás de pasar la tarde con ellos, pues en ocasiones les ayudaban con las tareas y divertirse un rato.

Como lo hacían con todas sus travesuras, le platicaron a Odilia lo que tramaban, pero ella no hizo mucho caso, ¿o sí? Hoy no te explicas si te ignoró o si evadió deliberadamente el tema. Procuras recordar su lenguaje corporal, sí, evadió tu mirada, no se entusiasmó con la voz animada de Ricardo. Lo que sí recuerdas claramente es sentirte rechazada por primera vez; estabas segura de que le interesaría, que te contaría alguna que otra historia de su abuela, o de su pueblo, un capítulo nuevo en el mundo de la magia. A pesar de la desilusión, el hermetismo de Odilia de alguna manera te dio permiso de participar en esa actividad con tu hermano, reafirmó tu confianza en que la Ouija era, como decía Ricardo, sólo un juego, y te sentiste, si acaso, un poco menos inquieta por burlar a los vecinos con algún supuesto espíritu.

A los pocos días, Ricardo llegó con un tablero de Ouija que un compañero de la escuela le prestó. Ensayaron y esperaron una tarde en la que sus padres estuvieron fuera hasta muy noche para jugar la broma: invitaron a los vecinos más pequeños, les ayudaron con las tareas y hasta recibieron algo de dinero por parte de sus mamás. Luego de organizar algunos juegos en el jardín y hacer palomitas para ver televisión les preguntaron:

—¿Quieren jugar algo que es muy divertido, pero muy secreto?

—Sí —dijeron a coro los niños, susurrando y alargando el monosílabo, Daniela incluida, para hacer más creíble la broma.

—Mmmm, mejor no, qué se me hace que le van a contar a sus papás —dijo Ricardo menando la cabeza al tiempo que se acercaba a la televisión para encenderla.

—No, no, te lo prometemos —suplicaron ansiosos.

Tras un breve silencio de exagerada cavilación, Ricardo accedió, los hizo jurar nuevamente que no dirían nada y les advirtió que tal vez no funcionaría. Fue a su recámara y de abajo de su cama sacó la Ouija. De regreso, cerró las cortinas para oscurecer el ambiente. Se acomodaron en la penumbra silenciosa de la biblioteca, sentados a la mesa, alrededor del tablero.

—Invocaremos a los espíritus… ¿Quién me va a ayudar?

El grupo contuvo la respiración. Para fortuna de Ricardo ninguno se animó a ser voluntario y así resultó que Daniela haría el trabajo.

Al simular la invocación de ciertos espíritus, Ricardo acusaba a Daniela para que el juego fuera más creíble:

—¿Qué haces, Daniela, lo estás moviendo tú?

—¡No! ¡No! ¡Te juro que no! —replicaba ella con una expresión de susto e inocencia. Los hermanos se miraban mutuamente mientras movían el indicador que respondía las preguntas que les hacían a los espíritus. Simularon la entrada de varios que luego, anunciaban, se iban.

—Sí se dieron cuenta de que se enfrió el cuarto, ¿verdad? —preguntó Ricardo.

Los invitados mentían al decir que sí, que por supuesto, que la temperatura había bajado varios grados. De nuevo, Ricardo se estremeció ante la imaginaria helada, y Daniela hizo temblar el marcador susurrando: Hay alguien.

—¿Estás entre nosotros? —preguntaba uno de los ingenuos vecinos.

"Sí", respondía el marcador de la Ouija.

—¿Te conocemos?

"Sí."

—¿Familiar?

"No."

—¿Eres malo? —preguntaba Daniela con voz temblorosa.

"Sí." Una vez más, todos contuvieron la respiración, como si el ruido fuera a ahuyentar o, peor, a enfadar al espíritu.

—¿Cómo te llamas? —la pregunta era casi inaudible.

"P - A - N - C - H - O" deletreó la Ouija.

–¿Pancho Villa? —gritaron varios al unísono.

"Sí."

—¿Y hay pistolas en el más allá?

"Sí."

—¿Pistolas que matan? —cuestionó el más pequeño al borde del llanto.

"Sí."

—¿Estás enojado?

"Sí", "V - E - N - G - O - A - M - A - T - A - R".

Una vez develadas las palabras que la Ouija deletreaba lentamente, Daniela y Ricardo levantaron las manos abruptamente del marcador haciéndolo volar con un grito y logrando sacar alaridos de terror a sus invitados quienes salieron de la casa en un estruendoso instante.

Daniela y Ricardo, tras advertirles a los niños que ya corrían a sus casas, que no contaran nada, y asegurarse de que en efecto entraran en ellas, fueron a buscar a Odilia. Atravesaron la cocina y, de dos saltos, bajaron las escaleras al cuarto de servicio entre carcajadas nerviosas que se fueron apagando al oír la voz de Odilia, que emitía ronca con un tono que jamás habían escuchado, un murmullo gutural: Pancho, Pancho, parecía decir. Ricardo se acercó para abrir la puerta.

—No —lo detuvo Daniela, deseando encontrarla en una llamada telefónica.

Un escalofrío estremeció todo su cuerpo, se dijo que esa área de la casa se sentía más fría porque se encontraba en un nivel más bajo que el de la calle. Se acercaron para escuchar los gemidos más claramente: "Pancho, viniste. No te vayas, Pancho, dime cómo es…"

Lentamente empujaron la puerta, que no se había llegado a cerrar del todo, para descubrir a su nana sentada en el suelo; encogida en medio de un desorden insólito: cajones volcados, los contenidos desparramados por el suelo, cerillos, velas blancas y moradas e incienso; tenía los ojos entornados y murmuraba palabras cada vez menos comprensibles.

¿Qué había que hacer en ese momento? ¿Deslizarse callados para que ella no se percatara de que había sido descubierta? ¿Ayudarla a levantarse, consolarla y decirle que todo estaba bien? ¿O correr, pues el aspecto de Odilia era aterrador? ¿En verdad se encontraban en una habitación que un espíritu había visitado? ¿O, peor aún, donde aún se encontraba Pancho a quien sólo había escuchado por teléfono?, se preguntaba Daniela.

—Pancho Villa, mensa —la voz sardónica de Ricardo estalló el silencio haciéndolo añicos, y arrebatando a Daniela de sus reflexiones, pues ella había adivinado la escena: Odilia había bajado de prisa para encender velas e incienso en un intento desesperado por retener la presencia que, en efecto, había llegado.

Odilia los miró, y saliendo de su estupor, intentó sonreír.

—Se creyeron que habíamos convocado a Pancho Villa —recalcó Ricardo riendo, seguro de que también a ella la había engañado, y satisfecho subió a recoger el tablero y a olvidar el asunto.

Daniela se quedó en silencio con las entrañas hechas un nudo de odio hacia su hermano, y con una mezcla de lástima, miedo y pena por Odilia. Pero sobre todo la amó más que nunca, la quería tomar entre sus brazos, acariciarle el pelo como si se tratara de una niña. Sin poder pronunciar palabra, la cuestionó con la mirada.

—Sí —respondió una voz delgada—, sé lo que hacían… pero yo lo escuché. Muy claro lo escuché pronunciar mi nombre…

—Era una broma, ya te había platicado lo que estábamos planeando —quiso explicar de nuevo Daniela.

—Vino él… me dijo algo… no sé qué es lo que buscaba…

Daniela se acercó para abrazarla, pero Odilia se apresuró a recoger la parafernalia. La niña la ayudó, ambas contuvieron las lágrimas.

—Será que lo extrañas —dijo Daniela tomándole las manos, manos temblorosas, heladas—. Si hubiéramos hecho la broma con otro nombre… tal vez no te hubieras acordado de Pancho.

XVI

Qué sentimiento tan egoísta te acosó en ese entonces, qué sentimiento egoísta te acosa hoy que entierras a tu madre, y no quieres ver a tu hermano. Ese día además de pena, hoy reconoces que también sentiste envidia de Odilia que tenía hermanos a quienes amar, aunque estuvieran muertos, porque tú, más que nunca, odiaste a Ricardo. Hace años te hiciste a la idea de que ya no tienes una familia. Sí, Ricardo y tú se mandan mensajes, y hablan por teléfono, y visitas a tus sobrinos, como los hermanos de Odilia, con dulces y regalos; pero jamás se preguntan por el bienestar emocional del otro, jamás se platican si sus actividades los hacen felices. Mucho menos se desahoga contigo cuando se siente decepcionado, si alguna vez se ha sentido abrumado con la responsabilidad de criar a una familia; tienes amigos con quienes abordas estos temas, jamás con tu hermano. Hoy te gustaría compartir con él, si no una pena, el simple hecho de quedar huérfanos; pero entre ustedes no hay nada, el compañerismo que compartieron de niños se acabó hace mucho tiempo.

A pesar de que era imposible no notar o ignorar el estado trastornado de Odilia: el rostro desfigurado, la voz inhumana y los objetos dispuestos en el suelo, Ricardo se fue riendo y aún te acuerdas de esa risa, la que volvió a emitir cuando en la noche fuiste a su recámara para reconstruir los acontecimientos. Tú sólo querías reírte un poco más de los pequeños asustados, pero él de nuevo tachó a Odilia de loca. Se burlaba y la imitaba como a esas personas dementes que deambulan por la ciudad o en asilos especiales hablándole al vacío, que ocupan espacio, pero a nadie le interesa su historia: quiénes son sus familiares, qué pasó en sus vidas para hacerlos habitar una realidad alterna, con quién hablan. Piensas que estas personas no son dementes, después de todo, sino que reconocen presencias que los demás no pueden percibir. ¿Quiénes son, los supuestamente cuerdos, para juzgar? ¿Quién era Ricardo, puberto engreído, para expresarse así de tu nana?

Odilia, después de asegurar que se había comunicado con su hermano y de recoger en silencio sus objetos, alisó su uniforme y sostuvo tu mirada unos segundos. Tú sonreíste y las dos subieron a la cocina, territorio neutro, donde la conversación, en un pacto de confidencialidad, giró hacia temas mundanos; ella empezó a sacar trastos y alimentos para la cena, tú quizá un vaso de agua para prontamente acordarte de hacer algo importante para la escuela.

No recuerdas nunca haberlo platicado con él, pero Ricardo, estás segura, sabía de tus métodos para conseguir lo que querías desde calificaciones hasta novios. Quizá lo consideraba un juego ridículo, como la Ouija. La distancia creció entre ustedes, nunca sentiste que te tomara en serio. A veces querías abordar temas profundos, compartir tus dudas, desahogar tus sentimientos, conocer los de él; pero tu hermano invariablemente revertía la conversación. Hablaba de sus aventuras con sus amigos, de las niñas con las que salía, describía hasta el último detalle la ropa, el color de los ojos, los lugares a donde las llevaba y todo lo que hacía con sus acompañantes, pero jamás de cómo se sentía con ellas, o quién, en su momento, tomaba la decisión de terminar la relación, mucho menos del porqué. Seguro, tampoco le ha platicado a esa cabeza hueca que tiene por esposa nada de lo que vivieron ese día, ni de la broma, ni de Odilia. No, tu cuñada es sólo un adorno, una muñeca Barbie, como las que tenías y con las cuales nunca jugaste. ¿Y tú?, ¿te crees especial?, ¿te crees, de veras, que fuiste aprendiz de bruja?, entonces ¿por qué dejaste de practicar hechizos cuando se fue Odilia?, ¿por qué no reemplazaste la planta de ruda, con la cual hacías talismanes de todo tipo, cuando ésta se marchitó? Cuando te presentas y hablas sobre ti, jamás mencionas la relación que tuviste con quien limpiaba la casa, doblaba la ropa y te enseñó magia; pero siempre dices que tienes un hermano, como si en verdad fuera parte de quien eres, una pieza fundamental en el rompecabezas de tu vida. La verdad es que te sientes hija única pues jamás hablas realmente con él sobre las otras piezas de ese rompecabezas, jamás se preguntan los porqué, jamás se abrazan para darse algo semejante el calor maternal y la presencia paterna para ambos.

XVII

A partir del incidente de la supuesta visita del espíritu de Pancho, hubo un cambio en Odilia que sólo Daniela fue capaz de notar: una imperceptible oscuridad en su mirada la volvía más penetrante y a la vez, más lejana. La vida en la casa estaba envuelta en una rutina que otros sentían normal, pero para Daniela era aletargada, gris, velada por una especie de neblina que no permite ver los colores vivos. Mercedes se ocupaba de sus voluntariados, juegos de cartas y comidas con amigas; de sus compras, salón de belleza y gimnasio. Ricardo llegaba a casa después de un evento deportivo para, entre semana, estudiar, y, a partir del viernes hasta el domingo por la tarde, salir con amigos y novias al cine, a fiestas, a conciertos, a un café. Y Ricardo papá cada vez llegaba más tarde de la oficina y se ausentaba más por viajes de negocios; parecía más ocupado, más distraído, más distante. La casa parecía funcionar sola; impecable, limpia, ordenada, la ropa siempre estaba planchada, doblada a la perfección, guardada dentro de los cajones; y la comida, elaborada cada vez con más delicadeza; esto último no le pasó desapercibido a la abuela Mena.

—¿Le estás enseñando platillos nuevos a esta chica? Los prepara muy bien. Te felicito, Mercedes.

—Gracias, mamá. Pero creo que es ella quien los ha buscado en los libros. Es muy inteligente ¿sabes?

—Qué bueno que te ha resultado, pero luego aprenden y se van, no te vaya a pasar, no has contratado a otra, ¿verdad?

—Odilia no se va a ir —intervino bruscamente Daniela, a quien nunca se le había ocurrido que su nana pudiera desaparecer de su vida. Menos ahora, que sentía que se le deslizaba la relación entre los dedos. La abuela alzó una ceja y siguió comiendo, ignorando a su nieta por considerarla una niña inexperta para entender asuntos domésticos.

Para asegurarse, Daniela buscó a Odilia más tarde.

—No te vas a ir, ¿verdad? —le preguntó en el cuarto de plancha donde cada vez pasaba menos tiempo.

—No —contestó la mujer. Sin explicaciones, pero tampoco con promesas.

Odilia no habló más del episodio de la Ouija con Daniela, y ambas procuraron mantener la relación como siempre. Cada vez menos magia y una amistad a la que ambas se aferraban, pero que se debía disimular en compañía del resto de la familia o extraños. En la intimidad, también cada vez menos frecuente, Daniela le preguntaba sobre su trabajo fuera de la casa, sobre su novio Lorenzo.

—Ya llevas años con él y si se casan, entonces sí te vas a ir —le decía Daniela como una afirmación melancólica, no una pregunta. Odilia sonreía.

—No sé —contestaba—, tal vez sí, tal vez no.

La verdad no lo había hablado con Lorenzo, pero ambos conocían parejas que aprovechan el trabajo de ella en una casa para ahorrar en alimentos y servicios, al menos mientras no tuvieran hijos; muchas no se casaban, otras lo hacían sin avisar a sus patrones hasta que llegaban los niños cuya presencia se hacía notar en el vientre abultado de la mujer. Porque en las casas normalmente no se recibían bien a los niños de las sirvientes, ellas procuraban esconderlos bajo vendas amarradas y uniformes amplios. Hubo quienes parieron en sus baños para horror y preocupación de las señoras a quienes no les quedaba más remedio que llevarlas a un centro de salud, pagar los gastos, y mandarlas a sus casas… o a donde pudieran llegar con la criatura. Si las madres o las abuelas no podían cuidar de los pequeños, se olvidaban de ellas.

Odilia consideraba que su profesión principal era la de empleada doméstica y sabía que eran los niños quienes crecían y se iban de las casas, que las muchachas se quedaban a cuidar la vejez y la soledad de las patronas quienes, a través de los años y a fuerza de convivencia, de compartir el hogar, de establecer rutinas conjuntas, lograban un vínculo de confianza; de cariño, tal vez. Algunas otras, pasaban a ser nanas de los hijos de sus niños. En algunos momentos de silencio en su recámara, con los recuerdos de su pueblo y sus padres envejecidos cada vez más lejanos, Odilia se imaginaba cargando y arrullando a los bebés de Daniela más veces que a los propios.

XVIII

La oscuridad de la noche puede caer como un abrigo, un abrazo o una cadena. Cuando el sol se mete, se presenta como un manto de refugio o un yunque de congoja; un instante de intimidad o de temor. Invita a la oración o a la súplica.

Minutos más, minutos menos, llegaba la hora en que todos se metían entre un colchón y las sábanas, cesaba el ruido; cada quien ocupaba su espacio en el silencio. Ricardo, metido hasta la cabeza en su edredón, revivía alguna anécdota divertida o una jugada genial de futbol durante breves instantes, pronto y sin reparo se instalaba el sueño fácil y profundo. Mercedes miraba a su esposo leer alguna novela histórica un rato, luego dejar el libro sobre la mesa de noche y apagar la luz; en la penumbra recibía un beso corto antes de escuchar un insípido "buenas noches"; por último, sentía el cuerpo indiferente rodarse bajo las cobijas y roncar casi de inmediato. Entonces rezaba las fórmulas irreflexivas que aprendió de niña en la escuela de monjas, Dios te salve reina y madre de misericordia, vida, dulzura y esperanza nuestra, a ti clamamos gimiendo y llorando los desterrados hijos de Eva…; las repetía como un mantra hipnótico para no sentir ni pensar nada, para que poco a poco llegara el sueño insustancial.

Daniela tenía sus plegarias personales; las historias de animales fantásticos y brujas sin piernas estaban enterradas en algún rincón de su mente y los encantos eran cada vez más escasos; pero aún después del

Padrenuestro y el Avemaría, recitaba las palabras que mantenían los malos pensamientos fuera de su imaginación: que los malos espíritus se alejen de mí y que los buenos nos sirvan de baluarte contra ellos… que seamos libres de todo maleficio y poder del maligno espíritu… San Miguel Arcángel, defiéndenos en la lucha. Sé nuestro amparo contra la perversidad y las acechanzas del Demonio. ¡Arroja al infierno a Satanás!, y a los demás espíritus malignos que vagan por el mundo para la perdición de las almas… Antes las rezaba como repetían las viejas el rosario en las iglesias, ahora cobraban nuevo sentido y las decía concienzudamente.

Odilia, en una de esas noches, se atrevió a convocar a su abuela; apretando los párpados, pero ella no llegó, para decepción o consuelo de su nieta. Deseó con todo su ser suprimir el poder que tanta curiosidad le había causado y que, ahora liberado, era inevitable y ya se manifestaba. Ya no se podía detener: desencadenado, como las olas de ese mar al que nunca se atrevió a meter, seguiría creciendo. Aunque en noches anteriores había intentado llamar de nuevo, sin éxito, a Pancho, ahora le pedía disculpas, le rogaba que no la visitara, que descansara en paz junto a la abuela. Suplicó a la Santa Muerte que le permitiera no usarla como medio para los espíritus; los oía cada vez más cerca y no quería escuchar sus demandas.

Las promesas se guardan hasta que sea necesario romperlas, se dijo una mañana rumbo al mercado. Cuando Macaria la vio notó el cambio en el semblante de su joven amiga.

—¿Qué traes? —le preguntó sin saludarla.

—¿De qué? —respondió Odilia tan sólo para hacer tiempo.

—¿Qué te pasó? —preguntó de nuevo Macaria y sin esperar respuesta añadió—: Creo que ahora sí ya quieres trabajar en eso otro, ¿verdad? Dime qué te pasó pa' ver cómo le hacemos.

Odilia relató lo mejor que pudo los sucesos, empezó por lo sucedido la tarde que los niños trajeron la Ouija, cómo de pronto sintió frío. ¿Un chiflón?, preguntó Macaria. No, respondió Odilia, no era aire, más bien una masa helada, siguió explicando que en su cabeza escuchó a Pancho, lejos, un sólo instante y que a pesar de que no entendió lo que decía, sin duda era él. Describió su intento fallido por crear el ambiente para que permaneciera. Dijo también no haber sentido miedo, sino una inmensa curiosidad, que esa noche lo siguió llamando sin éxito. Que quiso también llamar a la abuela, pero que tal vez la que le respondió fue la Santa Muerte. Luego relató que, sin provocarlo, sentía presencias en todos lados: en la calle, en las tiendas, en el metro. La mamá de la señora Mercedes trae un fantasma pegado a ella...

—Hoy mismo, de venida en la pecera, sé que venían igual de vivos que de muertos —añadió.

—¿Cómo los ves? ¿Cómo son?

—No sé.

—¿Entonces cómo te das cuenta?

—Los puedo sentir, ocupan espacio, y veo las luces detrás de la gente. Casi los escucho, pero trato de no hacerlo porque no entiendo lo que dicen.

—Lo que ves alrededor de la gente son energías o auras, como les dicen —dijo Macaria con toda seguridad, aunque ella misma no podía ver auras ni sabía nada de espíritus, mucho menos tenía idea de cómo hacer para que Odilia controlara el don de invocarlos.

Su única experiencia en ese tema había sido con una verdadera maga en adivinar lo que los clientes querían oír, era un genio en el arte de la manipulación. Guiaba conversaciones de manera que, sin darse cuenta, la cliente le platicaba lo que quería escuchar y ella tan sólo le seguía la corriente. "Sí, sí, está ahora mismo contigo... dice que nunca ha dejado tu lado... sí, sí te sigue amando.... también tu mamá... está con él..." Les leía la mirada: "ahora se llevan bien, están con los ángeles, donde las diferencias se disuelven... todo es armonía y paz... dice que ya no te preocupes por el anillo, no lo busques más, no vale nada". Sabía arrancar lágrimas y verdades.

—Yo no puedo convocar, así como así a quien yo quiera. Mi abuela me dijo un día que los espíritus llegan a una. Por eso no nos ha funcionado —explicó Odilia, para disuadir a Macaria de pensar en ella como vehículo para el nuevo negocio millonario—. Mi abuela —continuó Odilia—

siempre despachaba a la gente que pedía ese favor con un consejo y un remedio para los nervios.

Pero para sorpresa de Odilia, Macaria se mostraba cada vez más convencida de haber descubierto la gallina de los huevos de oro.

—Debe ser que el asunto esté en que algo, digamos un objeto, los llame. La Ouija de los niños... no sé... Si, en efecto, el secreto está en que se piense en el nombre del espíritu al que se quiere convocar, y, tal vez, que el cliente lo desee con mucha fuerza... entonces, con alguna cosa personal del difunto, el espíritu llegará a ti. Algo así he leído, y he escuchado por ahí.

—¿Y si no? —preguntó Odilia, preocupada—. Yo no estaba pensando en Pancho, mucho menos quería que viniera su espíritu y luego no lo pude llamar de nuevo.

— Es cosa de ver si hay un incienso en especial que les gusta, o un color para que se queden —dijo Macaria, haciendo caso omiso de las explicaciones de Odilia—. Y pues claro que se les advierte a los clientes, ¿no? Si ellos pueden llamar a su ser querido, digamos si el deseo y la fe son suficientemente fuertes, y si el muerto quiere venir, se les comunica el mensaje. Si no, sólo les cobramos la mitad y ya. Por el tiempo, digo, y el desgaste. Se les dice bien clarito cómo es la cosa: el cliente convoca a su difunto, tú sólo pasas el mensaje... si viene.

—Pero no sé cómo lo hice, ese es el problema, él llegó... los niños estaban jugando.

—Tal vez tu Pancho quería, pero tu abuela lo detuvo. Odilia, entiende: cualquiera puede pretender invocar espíritus con la Ouija u otra tarugada de esas, pero ellos sólo llegan cuando encuentran un medio, tú eres médium, como le dicen... tú sólo recibes. No se le pueden meter a cualquiera. Sólo hay que ver cómo les gusta, probamos con algunas yerbas de olor y velas de diferentes colores. Eso no va a ser problema.

—Pero yo no quiero que se me metan espíritus.

—Bueno, digo, que los oyes. No te espantes, yo voy a estar contigo.

Así decidieron, o más bien Macaria decidió, dar el paso para el nuevo giro de su negocio. Los mismos clientes que contrataban sus servicios para conseguir un trabajo, o una promoción por medio de la suerte, o eliminar a un rival; los necesitados de dinero rápido; esos que se decían devotos de la Santa Muerte; los que cargaban talismanes y aún quienes sólo buscaban remedios naturales para sus dolencias. Todos los que quieren conocer y manipular su futuro, desean los consejos y consuelos de sus muertos; de los ancestros, de sus guías espirituales, ídolos, hijos y hermanos. Todos quieren saber qué hay más allá de la vida carnal que ahora experimentan. Todos quieren tener la certeza de que en efecto existe ese "más allá", explicó muy convencida.

—Sólo tienes que tener fe —le dijo a Odilia—, no lo niegues, es parte de lo que eres: los espíritus te hablan. ¿Te das cuenta? ¡Los espíritus te hablan! ¡Qué maravilla!

Practicaron con algunos vecinos de puesto en el mercado. A veces Odilia no recibía mensajes paranormales. Pero, incluso eso, resultó lucrativo; en el momento, a cambio se le leían las cartas al cliente y se le despachaba con alguna combinación de yerbas cortesía de la casa; pero, la abuela Tila tenía razón: más tarde regresaban con algún nuevo motivo, con otro objeto, con la fe crecida. Macaria no mostraba ningún tipo de emoción cuando Odilia en efecto repetía algún mensaje que dejaba conmovida y conmocionada a la clientela; aun cuando el mensaje resultaba indescifrable, el cliente buscaba la solución como si fuese un acertijo donde encontrar significado: "el loro no escondió las llaves…". Macaria tenía experiencia, y no afirmaba ni negaba los poderes de Odilia. Para ella la sociedad con la joven era sólo un negocio. Nunca pidió, ni en las sesiones de práctica, que se le acercara ningún pariente fallecido. "Gracias, los míos que descansen en paz", decía.

XIX

La memoria es selectiva y, a veces, cruel. Se empeña en plasmar y conservar hasta el último detalle de los pasajes duele recordar. El día empezó como cualquiera. De no haber ocurrido el accidente, estaría borrado completamente de tus recuerdos; pero los detalles más mundanos se proyectan en tu mente como una película en tecnicolor y tercera dimensión. No hubo eventos simpáticos como la vez en que alguien burló al maestro de literatura insertando un calzón sucio en su portafolios obligándolo así a dar por terminada la lección entre carcajadas, sermones y castigos; no hubo pastel de cumpleaños; ningún examen, ni partido de voleibol. No, aquel día fue ordinario, las clases transcurrieron sin novedad, en el descanso compraste una dona, llevabas puesto tu suéter verde, ese que no era tu favorito, y una amiga les platicó todo el día acerca del bebé de su prima que nadie conocía. El trayecto en el camión de la escuela fue lento; como todos los días, viste a la señora de siempre pasear a su perro pastor inglés por la misma acera. Pero, al llegar a tu casa, te sorprendió ver, en lugar de a Odilia y a Rocky, el auto de tu abuela. Mala señal, ella nunca iba en lunes. Era un lunes templado, el sol brillaba descaradamente alegre. Al llegar a tu casa ya llevabas el suéter verde amarrado a la cintura. Tenías que colorear y etiquetar unos mapas para la clase de geografía. Ricardo olía a sudor. Llevaba el uniforme de educación física. Él también presintió que algo andaba mal, pero no dijo nada, tan sólo notaste cómo se le tensó la quijada. Odilia salió a abrir la puerta, con la mirada baja. Sin decir ni una palabra. Sin Rocky.

La abuela estaba en la sala con su cara solemne, no había tristeza en sus ojos, la saludaron con la formalidad de siempre y con la vista buscaron a tu mamá.

—Su papá tuvo un accidente, su mamá se fue a la delegación —dijo antes de saludar.

—¿Delegación u hospital? —preguntó Ricardo.

—¡No sé, Ricardo, no sé! A la delegación, o la Cruz Roja, o la verde, creo… ¡No sé! —gritó. La abuela que jamás alzaba la voz, y menos de ese modo: con un tono agudo, tembloroso. Su rostro desfigurado te asustó.

—Su papá murió —dijo al fin.

No oíste nada más. Ricardo se sentó en la silla junto a la abuela. Sin hablar, sin ponerle un brazo en el hombro, la dejó llorar su angustia sobre el pañuelo, mientras él con los codos apoyados sobre las rodillas miraba sus propios zapatos. Zapatos deportivos enlodados, aún con pasto pegado. Ni la abuela, ni nadie se preocupó por la alfombra. Tú corriste a buscar a Odilia. Estaba en la cocina. La comida se enfriaba sobre la estufa apagada. Milanesas. Arroz. No se atrevió a llamar a comer. Te abrazó, shu, shu, mi niña. No dijiste nada. El mundo dejó de girar pues estaba sumergido en una nube gris de lunes soleado, de un perro que sabía que el tiempo se había parado pues no ladraba, en silencio ensuciaba el vidrio empañándolo con su nariz pegada al ventanal.

Y lo que siguió se mezcló con la nube de humo: tu mamá llegó tarde, los mapas se quedaron sin colorear y los días, a partir de entonces, y hasta que reanudaste tu asistencia a la escuela, fueron una amalgama de sensaciones, imágenes y palabras. Palabras y frases sueltas escapando de la boca de tu mamá en el teléfono: "recuperación del cuerpo; licenciado; seguro; no, señorita, a mí no me llame más; desgraciado; una cualquiera, una puta…" y en la iglesia: besar y abrazar a la familia de tu papá. Donde supuestamente había tristeza y nostalgia, y palabras que recordaran las virtudes de tu papá, flotaba un humor de rabia, de desdén y la voz de tu abuela Mena diciendo: "La cabeza en alto, Mercedes, ni una lágrima más." Y la misa fue tan sólo un eco y unos violines tristes, caras conocidas flotando en un mar de telas negras. Ricardo de traje. Tu mamá dignamente seria. Odilia, en la casa, aguardando con tamales y chocolate, como si fuera víspera de reyes magos. La abuela, repitiendo que no habría más lágrimas, se conducía con la altanería de quien finalmente ha tenido la confirmación de lo que hacía años venía diciendo. Pero hubo lágrimas, lágrimas nocturnas, a escondidas; amargas, rencorosas, ásperas. Las oías al pasar por las puertas cerradas de los cuartos de Ricardo y de tu mamá, las veías contenidas en las conversaciones cada vez más distantes y escasas, donde parecía estar prohibido hablar de tu papá. Supiste, entonces, que no lo conocías. Ahí terminó tu niñez.

XX

Al cabo de un tiempo, se sentía en la casa una urgencia por volver a la normalidad; pero ninguno de los habitantes supo cómo lograrla, así que resultó en un aislamiento generalizado. Los tres miembros de la familia se distanciaron aún más: cada uno se encerró en su dolor, nadie se acercó a entender el del otro y cada uno se acostumbró a vivir en su silencio. Mercedes se arreglaba, se vestía, se miraba al espejo sin sonreír, salía únicamente al salón de belleza y al club. A veces, alguna amiga la llamaba para tomar un café. Intentaban distraerla del accidente, pero sus averiguaciones y cuchicheos le recordaban el engaño y se sintió una estúpida. Ricardo se concentró en sus estudios, deportes, amigos, una que otra novia que jamás invitaba a la casa y la abuela aparecía con frecuencia, pero Daniela y Ricardo habían perdido el interés por hacerla enojar; comían casi en silencio, contestaban en monosílabos a sus preguntas y, como de costumbre, se retiraban de la mesa pronto para hacer sus deberes.

De vez en cuando, Daniela, en un intento desesperado por romper esta monotonía amorfa, densa y turbia que giraba sobre su propio eje: escuela, comida, libros, intento de dormir…, bajaba a la habitación de Odilia, quien también se había refugiado en el silencio y la enajenación, pues sabía las intenciones de Daniela. Normalmente la despachaba con la excusa de estar ocupada, le preparó tés para calmarla, la abrazó más, le dio consejos. Pero Daniela insistía y una tarde hubo que tomar una decisión firme.

—Ayúdame. Tengo que entender —demandó la adolescente, esa tarde, sin especificar lo que venía demandando.

—No hay nada que entender —respondió la nana—, no es asunto mío, deberías hablar con tu mamá.

—Sabes a lo que me refiero, tú puedes ayudarme a preguntarle directamente a él. Mi mamá no sabía nada, ¿de qué crees qué voy a hablar con ella? Sabes bien lo que quiero. No te hagas pendeja.

Daniela se había tornado hosca hacia Odilia, pero la nana no lo resentía. Conoció en su pueblo mucha gente, como la vieja Chabela, que deseaba hablar con su hijo muerto, a quienes les era imposible la aceptación, mucho menos la resignación. Entendía a Daniela, mas no podía alentarla.

—Ya, Daniela, te lo he dicho muchas veces. No. Por favor, no insistas —respondió sin levantar la vista de la ropa que doblaba—, voy a guardar esto —añadió, pasando a un lado de Daniela con cuidado de no rozarse y sin mirarla.

Daniela sabía que era precisamente esto lo que la abuela Tila le había prohibido a Odilia, sabía que la estaba provocando; sin embargo, también conocía sus negocios en el mercado, que había roto la promesa con la abuela, y por ello se sentía con el derecho de exigir.

—¿Ahora qué te pasa? —Daniela alzó la voz antes de que Odilia subiera la escalera—. Te has vuelto arrogante, antes querías ser mi amiga, ¿no?, ahora te necesito y me ignoras. Crees que como dizque tienes poderes y otro trabajo, ya no te importa si vengo a verte. Yo sé lo que haces los fines de semana. ¿Por qué me tratas como si tuviera tres años o como si no te importara lo que siento? —y ante el silencio de Odilia, añadió—: ok, si vas a ser así, olvídate de nuestra amistad. Ya no me interesas. Quédate con tus estúpidas historias que, al fin, son puros cuentos, tonterías que me contabas de chiquita. Dices que contactas a los muertos, pero sólo lo haces para engatusar a la gente, para robarles. Bien sabes que los muertos… muertos están y no hay nada que tú puedas hacer, ¿verdad? Por eso no quieres ayudarme a mí, porque sé tu secreto, te convertiste en una charlatana. Olvídalo, no me interesas, ya no quiero saber, pero tampoco quiero saber nada de ti.

Eso y otras cosas hirientes le dijiste a Odilia y aún resuenan en tu memoria palabra por palabra. No te conformaste con su consuelo, lo único que se acercaba a un sentimiento de alivio; demandabas más. Y aunque deseabas con todo tu ser retractarte, hacer las paces y seguir siendo la niña de Odilia, tu soberbia te impidió pronunciar las palabras.

Ella se te adelantó y, mientras aún te embebías en tu orgullo y al notar que Odilia estaba en la recámara de tu mamá, corriste a presenciar la conversación:

—¡Típico! —fue lo que oíste exclamar a Mercedes cuando te acercaste a la habitación—. Te creí diferente, Odilia, pero ya veo que eres igualita a todas: nada más se ponen difíciles las cosas y sales corriendo. ¿Crees que soy una estúpida?

Tu mamá tomó abruptamente las llaves de su bolso y entró en el clóset para abrir el cajón que mantenía siempre bajo llave. Odilia permaneció en silencio. Mercedes le extendió unos billetes a la nana y añadió:

—Vete por tus cosas inmediatamente y lárgate hoy, no quiero verte ni un segundo más.

Te hiciste a un lado, con la cara caliente y la viste salir en silencio, con su andar ligero de siempre, como si flotara por el pasillo, la cola de caballo moviéndose en un vaivén al ritmo del moño del delantal, reproduciendo el primer día que entró en tu vida. Ella no te miró.

—¿Despediste a Odilia? —preguntaste a tu madre, aunque sabías eso y más.

—No, Daniela, tu adorada Odilia renunció, así son, cambia la dinámica familiar y no pueden con el paquete. Ni siquiera pudo explicar su decisión.

—Pues claro, yo también me iría, ¿a quién se le antoja seguir viviendo con una familia de entes pasmados, mudos, fríos y egoístas que a duras penas nos saludamos, ¿pero por qué tienes que ser tan radical?

—Mejor que se vaya ahora, dice que se espera en lo que entra otra muchacha, pero lo que hacen es aprovechar para enseñarles cómo robar.

Se hacen cómplices —y añadió, para que no siguieras protestando—: cerciórate de que no se lleve nada que no sea de ella.

—Ahora entiendo a papá, pinche bruja…

Por evitar sentir rabia hacia tu padre, y para desahogar el arrepentimiento que sentías por insultar a Odilia, también lastimaste a tu mamá.

Con el enojo convertido en culpa, Daniela bajó al cuarto de Odilia y permaneció parada en el quicio de la puerta sin atreverse a entrar. La nana ya había cambiado su uniforme de rayas por unos pantalones y una playera.

—No tenías que irte. ¿Por qué te vas? —le dijo, con la voz cortada, suplicante.

—Ya no eres una niña, Daniela, no necesitas niñera. Cualquiera puede lavar, cocinar y hacer la limpieza. Ya no puedo ayudarte, demandas mucho de mí.

—¿Y tú? O sea, me estás usando de excusa, eres tú quien no me necesita. ¿Qué hay de todo lo demás?

—Tú misma lo dijiste, ya no podemos ser amigas. Me pides algo que no puedo, y no debo hacer. Créeme, es por ti, yo aquí soy sirvienta. Busca ese trabajo en otro lado. Porque te quiero, no puedo quedarme. Nos pasamos, Dani. Me pasé.

Mientras terminaba de empacar sus cosas en la que parecía ser la misma caja con la que había llegado y su escasa ropa dentro de una maleta que Ricardo hacía años no usaba para sus eventos deportivos, Daniela sintió cómo se le escapaba el alma, tenía un nudo en la garganta y para evitar que se convirtiera en llanto, lo transformó en ira.

—Eres una mentirosa, eres lo peor que me ha pasado en la vida, lárgate, entonces, te odio, ¿me escuchas?, ¡te odio!

Miró cómo Odilia, con cuidado, despegó las fotos e imágenes de la pared; de todas las casas en las que había trabajado, sólo tenía fotos de esta familia, guardó su historia entre las páginas de una libreta que luego metió en su bolso.

—Adiós, Dani —le dijo limpiándose las lágrimas silenciosas que le empapaban la cara.

Daniela la siguió hasta la reja, Rocky se adelantó y le lloró sin entender por qué salía Odilia a esa hora y sin una correa para sacarlo a pasear a él también. Daniela la miró sin decir adiós. Con el perdón atorado en el orgullo.

—Cállate, pinche perro —descargó su frustración contra Rocky—, ni creas que te voy a pasear ni a recoger tus cacas.

Entró desconcertada a la cocina, ahí no había nada qué hacer más que sentir el vacío de Odilia que llenaba el lugar y la oprimía. Subió corriendo las escaleras, a su recámara donde hacía muchísimos años no convivía con ella, pero la oquedad la perseguía; no era un vacío sino una presencia. Y entonces entendió que el puente que habían construido ella y Odilia, era de humo, y ahora se disipaba. Brotó el llanto sin recato, arrojó cojines, se tiró en la cama, se sentó en el piso, pateó al vacío. Perdió el sentido del tiempo y supo que habría más llanto y más soledad, porque de los años con Odilia, sólo quedó una brecha, una brecha pegada a su ser para siempre.

"Como chacha": así se dice cuando alguien se va de su trabajo de un día para otro y sin avisar. Así, y agregando palabras como *desgraciada* e *ingrata*, describieron a Odilia tu abuela y las amigas de tu mamá mientras buscaban su reemplazo con ansia. Pero tú sabías que no habría reemplazo; quien llegara a lavar, planchar y cocinar, jamás podría quererte como Odilia, jamás podría moldear tu niñez como ella. No, la partida de Odilia fue un para siempre, no como el de tu papá que dejó de existir en la Tierra, sino en tu mismo mundo y porque tú la apartaste de tu vida. Odilia caminaba, existía y se reía en un lugar totalmente ajeno al tuyo, con personas diferentes a ti. Igual que Concha. No se encontrarían en el centro comercial, no se llamarían para ver qué es de la vida de la otra. Sus caminos se volvieron paralelos y lejanos, no se cruzarían más. El único posible encuentro sería mirar al pasado, como lo haces ahora. Como quien anda por una vereda y atisba por un claro de árboles que al otro lado hay un camino que conduce a un lugar desconocido, por ahí va Odilia con su oscilante cola de caballo, a veces te dirige la mirada y sonríe, pero se va. Tú no puedes cruzar el lindero que separa sus mundos.

Otras sirvientes habitaron los cuartos del sótano, otras recogieron, lavaron, cocinaron. Daniela no ofreció a ninguna más que las gracias por su trabajo y un suéter o abrigo que ya no usaba. La vida siguió igual que las vidas de sus amigas con las que jamás platicó de sus días en el cuarto de servicio. Las fotos de Odilia con el pato, de la despedida de Concha con un pastel, de las fiestas con cualquiera de las dos en el fondo, fueron a dar a una caja que se cerró como ese pedazo del pasado: esa pieza del rompecabezas que pasa desapercibida cuando se ha completado la imagen, pero se hace notar en un hoyo descarado cuando falta.

Cuando Daniela le mostró a su mamá las opciones de universidades en el extranjero, ella no se opuso en lo más mínimo. Ambas sabían que no tenía caso seguir viviendo bajo el mismo techo, así que hasta la animó a seguir en otra dirección. Sus vidas se desarrollaban distantes, ahora sólo coincidirían en las vacaciones de Navidad y algunos veranos.

XXI

Odilia corre a casa de su abuela. Las lágrimas escurren sin control y no la dejan ver bien, tropieza con una piedra, pero no cae. Sigue corriendo hasta llegar al portón. Golpea con fuerza hasta que su abuela Tila abre y abraza a su nieta en silencio.

—¿Por qué, por qué? —llora la niña.

—Porque ya eres una jovencita, y tienes que enseñarte a trabajar.

—¡Yo trabajo contigo! ¿Qué les pasa? ¡Quieren que me vaya! ¡Que limpie casas! No es justo, abuela, no es justo.

—No, mi'ja, no es justo, la vida no es justa para mucha gente. Entre tú y yo no ganamos ni pa' las gallinas. Yo me voy a hacer vieja, no quieres quedarte en este pueblo a cuidar a una anciana. Ya verás que vas a estar bien. Vas a ganar tu dinero.

—Podríamos hacer otras cosas, yo sé que podríamos ganar más dinero, sólo tenemos que…

—No —interrumpe la vieja—, he dicho mil veces que no. Vete a hacer lo que te dicen tus padres, ten una vida normal. No quieres esto, Odilia.

—Esto es lo único que quiero —replica la niña. Se desprende de su abuela y sale sin mirar atrás, sin decir adiós.

Doña Tila la ve caminar desconsolada por la vereda, ella no llora por la partida de su nieta favorita; sabe que regresará a platicarle de las vidas de los ricos en las ciudades, conoce esas historias y también sabe que

Odilia no será sirvienta toda su vida. Murmura unas palabras en una lengua ancestral que flotan hasta llegar calladas a la niña; Doña Tila observa mientras la luz que rodea a Odilia cambiar de color y promete acompañarla siempre, una vez que se libere de su envejecido cuerpo.

XXII

Cada día que vivimos nos acerca a la muerte. Desde pequeña oíste: "tu abuelito murió", "se nos adelantó la tía fulana", "mataron al hermano de Odilia", "tu papá sufrió un accidente". Voces, tristeza, soledad, la promesa de un cielo con un dios. Se asume el vacío y la ausencia, se retoma el rumbo y se sigue viviendo. Y hoy no debiera ser diferente, la muerte de tu mamá sigue el orden lógico y esperado de la vida, y, sin embargo, te ha puesto a pensar en el para qué, cómo y hasta cuándo es oportuno seguir en el mundo, te asusta no encontrar tu lugar en él. Hoy, finalmente, algo termina en tu vida; pues a pesar de haber terminado los estudios hace años, ella estaba ahí: en una carta vacía, en una conversación a larga distancia y, finalmente, ajena a su entorno en una casa de asistencia. Hoy se acaba el tener que hablar con tu hermano, con quien a partir de ahora no tienes nada que compartir; hoy cierras el ser hija de Mercedes. ¿Qué es de tu niñez con Odilia y tu juventud sin ella? Todos los capítulos de tu vida han sido transitorios, de niña a adolescente a adulto; de independiente a tener pareja, a volver a estar sola; de un título a otro. Es extraño pensar que el hilo conductor entre el recuerdo de Odilia y el presente fuese tu madre, tan distante a ella. La partida de Odilia dejó todos los cabos sin atar; quizá el enterrar a tu madre te permita atarlos, o aceptar que así queden.

Daniela se pone los aretes y el collar de perlas en el taxi sin la necesidad de un espejo. La ciudad es familiar y a la vez extraña, como el recuerdo de las imágenes de un libro y no un lugar en el que ha vivido, porque nunca lo conoció a fondo, ni lo ha entendido del todo. Un lugar en el que se viven tan diferentes realidades que es difícil reconocerlas. Donde, quienes no quieren limpiar sus casas, lavar su ropa, preparar sus alimentos o cuidar a sus hijos, contratan mujeres para que lo hagan. Ellas vienen de los pueblos, van descalzas por caminos de tierra, el chamanismo es parte de su vida. Al llegar a la ciudad, frecuentan mercados diferentes, son casi de la familia… casi, porque cuando se van, desaparecen. Se las traga la inmensidad de la ciudad o vuelven a sus pueblos, nadie sabe, a nadie le interesa. Se pierden porque aún viviendo en la misma casa, nunca se compartieron más que las miradas o una sonrisa; unas cuantas palabras a preguntas generalmente vagas.

Daniela escucha la voz del taxista, pero no presta atención a lo que dice. No hace caso al teléfono celular que vibra dentro de su bolsa: es Ricardo y no siente deseos de explicar que el tráfico impide al taxi avanzar más rápido. No sabe dónde se encuentra ni cuánto falta para llegar. No le importa.

Los vivos se despiden de sus muertos de distintas formas, y se consuelan unos a otros; pero quien muere vive el proceso completamente solo, porque nadie a su alrededor, si hay alguien, puede siquiera imaginar la experiencia. Ella ha pensado en su propia muerte, pero nunca en el evento, no se ha cuestionado cómo quisiera que fuera su final: si repentino como el de su padre que no tuvo tiempo de explicar, enmendar o pedir disculpas; o lento como la de tu amiga que durante su enfermedad tuvo tiempo para prepararse y despedirse de su familia. Una muerte temprana, como la del hermano de Odilia, trunca el curso de una vida que pudo haber sido prometedora. Una tardía, como la de su madre, que vivió sus últimos años sin contarlos, sin siquiera reconocer su propia imagen en el espejo, torna esa vida en una existencia que sólo ocupa espacio y genera cuestionamientos. ¿Qué caso tiene permanecer así? ¿Será que el alma necesita ese silencio para lograr entender su misión? Daniela piensa que prefiere una muerte tardía, pues por alguna razón desea estar en el mundo mucho más tiempo para encontrar su propósito; también espera que sea rápida, teme no tener valor para afrontar un proceso prolongado.

No ha querido tomar ninguna postura en cuanto a qué creer qué pasará con su alma, si es que existe como un ente separado una vez despojada del cuerpo. Si será, como dicen, que verá por un instante una luz que la llenará paz y aceptación por efecto de las neuronas que se desprenden unas de otras antes de apagarse para siempre; o si en el último momento decidirá viajar por el túnel y llegar a la luz con sus seres queridos y un dios bondadoso; o mejor, reencarnar en otro cuerpo para seguir disfrutando del sol, de la gente de carne y hueso, de tener la oportunidad de una existencia más significativa; o quizá lo mejor sería que la conciencia deambule por cuarenta días al cabo de los cuales pierda la memoria y se desvanezca para siempre, no habitar una dimensión alterna y decidir no acudir al llamado de un médium.

Ha dedicado muchos estudios a casos de experiencias de muerte momentánea, de gente reanimada, de agonizantes que narran su marcha; pero nunca se detuvo a pensar en cómo, ella misma, viviría el acontecimiento. Es erudita en todas las creencias humanas desde el principio de las religiones evadiendo la necesidad de adoptar alguna. ¿Cuánto tiempo se puede vivir con indiferencia? ¿Cuánto tiempo se puede vivir sin fe? ¿Y qué es esto de la fe? Piensa que es un ferviente deseo que las cosas sucedan de alguna manera, la aceptación de un plan divino, una apasionada resignación cuando se enfrenta a la desgracia. Reconoce que no está en ella decidir ni el cómo ni el cuándo, mucho menos lo que seguirá. Será que el alma tomará el rumbo que la mente decidió creer. ¿Será que, al último momento se podrá decidir? ¿O que hasta después de la muerte existen linderos, fronteras que no se traspasan? Quienes creen en la reencarnación dicen que regresamos en grupos, siempre los mismos, aunque en diferentes formas: almas ligadas para siempre habitando burbujas de universo que jamás se fusionan. Daniela decide creer que, en otra vida, se encontrará con Odilia y que esta vez caminarán por el mismo sendero.

Se le ocurre decirle al taxista que mejor la lleve al mercado Sonora. Que la ayude a encontrar a una persona. Pero permanece en silencio, no soportaría encontrar el local de Macaria ocupado por otra alguien más. "¿A dónde te fuiste, Odilia?", se pregunta y trata de deducir la edad que ahora tendría. Quiere pensar que terminó la sociedad con Macaria, que se casó con Lorenzo, que les dice a sus hijos que los muertos descansan mejor bajo la hierba, cerca del agua sin que los vivos interrumpan el andar y quehacer de sus espíritus.

—¡Ayúdame a hablar con él! —le pediste por primera vez la tarde siguiente al funeral de tu padre. Lloraste, gritaste, la abrazaste. Le volviste a implorar en numerosas ocasiones.

Hoy te dices que ella se negó porque sabía que sería suficiente preguntar "por qué" a tu padre, deseabas reclamarle. No entendías que ya no era su tiempo, y aunque recibieras una explicación, no te traería paz sino más dolor. Porque la persona que ya no habita el mundo, carece de prudencia, ya no es necesario el secretismo.

Odilia se fue para siempre a hacer ese tipo de trabajos para gente que no tenía importancia para ella. Se fue para que tu papá ocupara sólo el espacio de tus recuerdos, porque, al fin, en ellos eras feliz con él. Pero también para dejar un vacío enorme que tu mamá era incapaz de llenar, la infancia se había ido, era demasiado tarde; ella resintió tu indiferencia y tú no le supiste explicar que, de alguna manera, ella también los había engañado, el cuidar más el aspecto que los sentimientos, igual se sentía como traición. Nunca supo cuánto quisiste tocarla, ni siquiera, cuando al fin le pudiste cepillar las hebras blancas y resecas en las pocas veces en las que tomaste una vacación para ir a visitarla al asilo. No le pudiste decir porque no sabía quien eras; no sabía quién era ella misma, que ahora disfrutaba las caricias del cepillo. No es extraño que el hilo conductor entre el recuerdo de Odilia y el presente sea tu madre. Mira la ventana, Daniela, ve cómo tu reflejo se combina con el de la ciudad que te intimida, ahí está la respuesta: eres aún una niña de trenzas y es momento de desatarlas. Eres una niña amarrada a tu nana con un mecate es momento de cortarlo. Eres una niña sedienta del amor materno que tu nana supo reemplazar; pero no te conformaste con el cariño, querías más, querías todo: pretendiste ser parte de ella y entrar en su mundo, pero eso no era posible. Por eso no vas a desviarte a un mercado, vas a ir al funeral, y vas a cerrar el capítulo. En el ataúd, junto a tu madre vas a meter esa madeja de sentimientos, que no supiste acomodar en el mosaico de tu vida, las piezas no encajan en el rompecabezas. Debes enterrar a Odilia. Llenarás el cuerpo vacío de tu madre con el uniforme de rayas bañado de lágrimas infantiles; el pelo negro y sedoso embarrado de caramelo y adornado con moños de colores; la muñeca pelirroja que ocupó un lugar en una repisa del cuarto de Odilia hasta el día que la metió cuidadosamente en una caja cuando se fue; vas a deshacerte de todos los conjuros y los talismanes que te facilitaron el tránsito por la secundaria; cerrarás para siempre el cuaderno de dibujos de plantas y formulas medicinales; quemarás las fotos de un pueblo, una vieja y una niña desdentadas, de los hombres con sombreros, del muchacho en Chapultepec: esos recuerdos no son tuyos, no te pertenecen. Verterás las lágrimas por Odilia y por ti sobre el cuerpo de tu madre y dirás adiós: adiós al amor desbordado de una jovencita que tuvo que abandonar su hogar y de una niña que nunca lo tuvo; adiós a la necesidad de pertenecer; adiós a media vida; sólo entonces podrás regresar a la que ahora es tu casa para convertirla en hogar. No más estudios, no más explicaciones, no más fantasmas. No más añoranzas. Debes empezar a vivir con lo que hoy tienes a la mano, con la gente que hoy te rodea, lo concreto, lo real, mientras respiras el aire que en este instante existe a tu alrededor y esperar a que lo vivido se convierta en una anécdota, que encuentres a la mujer que eres hoy para que tengas un mañana y dejar en alguien un recuerdo, un momento, un sentimiento, o simplemente una pregunta que puede quedar sin respuesta.

www.ingramcontent.com/pod-product-compliance
Lightning Source LLC
LaVergne TN
LVHW041113150826
845673LV00007B/2037

* 9 7 9 8 8 4 6 0 9 6 9 8 1 *